白羽鹤

莫言题

千羽鶴

せんばづる

Kawabata Yasunari

Thousand Cranes

[日]川端康成 著

陈德文 译

北京联合出版公司
Beijing United Publishing Co.,Ltd.

图书在版编目（CIP）数据

千羽鹤 / (日) 川端康成著；陈德文译. — 北京：北京联合出版公司, 2023.1

ISBN 978-7-5596-6312-2

Ⅰ. ①千… Ⅱ. ①川… ②陈… Ⅲ. ①中篇小说—小说集—日本—现代 Ⅳ. ①I313.45

中国版本图书馆 CIP 数据核字 (2022) 第 121118 号

千羽鹤

作　　者：（日）川端康成	译　　者：陈德文
出 品 人：赵红仕	出版监制：辛海峰　陈　江
责任编辑：龚　将	特约编辑：郭　梅
产品经理：穆　晨　陈隽萱	选题策划：张其鑫
封面设计：别境 Lab	内文排版：任尚洁

北京联合出版公司出版

（北京市西城区德外大街 83 号楼 9 层　100088）

北京联合天畅文化传播公司发行

三河市信达兴印刷有限公司印刷　新华书店经销

字数 131 千字　787 毫米 × 1092 毫米　1/32　8 印张

2023 年 1 月第 1 版　2023 年 1 月第 1 次印刷

ISBN 978-7-5596-6312-2

定价：49.80 元

目 录

Contents

千羽鹤

千羽鹤

一

菊治走进镰仓圆觉寺[1]境内之后，又犯了犹豫，要不要去出席茶会呢？时间已经晚了。

圆觉寺后院的茶室[2]，每逢举行栗本千佳子茶会，菊治都会接到一份请柬，但自从父亲死后，他从未来过一次。因

---

1. 镰仓幕府第八代将军北条时宗（1251—1284），一面扩大幕府权势，一面皈依佛教，信仰禅宗。自中国宋朝迎来无学祖元，于弘安五年（1282）创办圆觉寺，作为圆觉寺派的大本山，仅次于建长寺，为“镰仓五山”第二。山内塔头（tattyu，高僧墓塔）十数所，拥有宝物无数。（乘坐横须贺线至北镰仓站可达圆觉寺境内附近。）

2. 此指圆觉寺塔头之一、北条时宗所设的墓堂佛日庵。弘安七年（1284）四月四日，三十四岁的时宗殁后，每月四日，皆于此举办茶会以示追念，至于今日。

为他认为，这不过是出于对亡父礼节性的表示罢了，所以不予理睬。

然而，这次的请柬上却多写了一句话：“希望来看看我的一个女弟子。”

看到这份请柬，菊治想起千佳子的那块痣。

菊治八九岁的时候，他随父亲到千佳子家里，千佳子在餐厅敞着前胸，用小剪子剪那痣上的毛。痣布满了左边乳房的一半，一直扩展到心窝，有手掌般大小。那黑紫色的痣上似乎生了毛，千佳子在用剪刀剪掉。

“哎呀，小少爷也来啦？”

千佳子吃了一惊，她本想将衣襟合上，似乎又怕慌慌张张掩上衣服显得不够自然，于是便稍稍转过身去，慢慢将前襟塞进和服腰带。

看样子，她不是避讳父亲，而是看到菊治才感到惊讶的。女佣到门口看过，回来通报了，千佳子应该知道是菊治的父亲来了。

父亲没有进入餐厅，他坐到隔壁的房间里。客厅辟为茶道教室。

父亲一边看着壁龛里的一幅挂轴，一边心不在焉地说：

“给我一杯茶吧。”

“唉。”

千佳子答应一声，她没有立即走过来。

千佳子膝头摊开的报纸上，落下了一些男人胡须般的黑毛，这个，菊治也瞧见了。

大白天，老鼠在天棚里吵闹。廊缘边上，桃花盛开。

千佳子坐在炉畔煮茶，她有些神情茫然。

其后，大约过了十天左右，菊治听见母亲仿佛披露什么惊人的秘密似的对父亲说："千佳子因为胸前长痣，所以没有结婚。"母亲以为父亲不知道，她好像很同情千佳子，脸上带着怜悯的神色。

"嗯，嗯。"

父亲略显惊讶地应和着。

"不过，被丈夫看到又有什么关系？只要他知情，答应娶她就行了。"

"我也是这么跟她说的，可是一个女人家，胸口长块黑痣，这哪说得出口呀？"

"她早已不是年轻姑娘了。"

"那也不好说。要是男人，结了婚知道了，不过笑笑罢了。"

"你瞅到她的痣啦？"

"瞎说些什么呀！"

"光是听她说的？"

"今天来教茶道时，我们聊了一阵子……她到底说出来啦。"

父亲默然不语。

“即便结了婚，男人又能怎样呢？”

“会厌恶，会心里不舒服。不过，这个秘密或许可以变成闺房乐事，坏事变好事嘛。再说，这也不算什么大不了的缺点。”

“我也劝她说，这个不会碍什么事的。可是她说，那痣长在了奶子上。”

“嗯。”

“她说啦，一想到生小孩要吃奶，这事儿最叫人伤脑筋。丈夫还好说，不过也得为婴儿考虑考虑呀。”

“长痣的乳房不出奶水吗？”

“那倒不是……她想要是给吃奶的婴儿看到了，那多苦恼。我没有想到这一点，可她却顾虑重重。孩子一生下来，就要吃奶；刚睁眼首先看到的也是乳房，一眼看到妈妈的乳房上一片可怕的黑痣，那么，孩子对这个世界的第一印象，还有对于母亲的第一印象，就是极其丑陋的。——这种深深的印象会留在孩子一生的记忆中。”

“嗯。不过，这也想得过多啦。”

“要是这样，也可以喂牛奶，或者找个奶妈子什么的。”

“长个痣算什么，只要有奶就行嘛。”

“可是，这样还是不行。我听她说了之后，也流下眼泪。我以为她的话有道理。我们菊治可不能吃乳房上长痣的人的奶啊。”

“可不是嘛。”

菊治对于佯装不知的父亲感到气愤，连菊治都看到千佳子的痣了，而父亲对他一点儿也不在乎，这使菊治更加憎恨父亲。

自那以后近二十年了，现在看来，也许那时父亲也感到困惑不安吧？菊治想到这里，他不由苦笑起来。

菊治过了十岁的时候，经常想起当年母亲的话，时时陷入不安的情绪里，要是有了吃过长痣的奶的异母弟妹，那可怎么办呢？

不仅是害怕另有弟妹，他也害怕这样的孩子本身。他觉得，那种被大黑痣上长着毛的乳房的奶水喂大的孩子，就像恶魔一般可怕。

所幸，千佳子似乎没有生小孩。往坏里想，也许父亲不让她生孩子吧。使得母亲流下眼泪的关于痣和孩子的事，可能也是父亲为了不让她生孩子而向她灌输的借口。总之，父亲生前和死后，都不曾出现过千佳子的孩子。

菊治和父亲一起看见千佳子的黑痣之后不久，千佳子就向菊治的母亲说了这件事。看来，她是想抢在菊治告诉母亲之前，来个先下手为强吧？

千佳子一直未嫁，也许就是那痣控制了她的一生吧？

菊治对于那黑痣的印象也难于消泯，说不定什么时候那块痣也会和他的命运纠缠在一起。

千佳子以茶会为名邀他来见见那位小姐时，那块痣也在菊治眼里闪现。他蓦然想到，既然是千佳子介绍的，那位小姐想必是个纯净无瑕、冰清玉洁的人儿吧？

菊治甚至想象过，父亲或许有时也会用手捏一捏那痣，说不定还用嘴咂过那块痣呢。

眼下，他在小鸟鸣啭的山寺中走着，这种联想又一次掠过心头。

然而，菊治发现那块痣两三年后，千佳子有些男性化起来，现在完全成了一个中性人。

今天的茶会兴许也会手脚麻利地表演一番，那一侧长着痣的乳房也许萎缩了。想到这里，菊治坦然地笑了。这时，两位小姐从后头急急赶了过来。

菊治站住，给她们让路。

"栗本女士的茶席，就在这条路的尽里头吗？"他问。

"是的。"

两位小姐同时回答。

就算不问，他本来也知道怎么走。从小姐的和服穿戴上也可以看出她们走这条路是去参加茶会的，菊治的问话只是为了使自己决心出席茶会罢了。

其中一位小姐拿着绘有白色千羽鹤的桃红绉绸小包裹，面目姣好。

二

两位小姐进入茶室之前换白布袜时，菊治也来到了。

他从小姐背后向屋内打量着，八铺席的房间，茶客济济一堂，膝盖顶着膝盖，都是穿着华丽和服的人们。

千佳子一眼看到了菊治，“啊”的一声，站起身走过来。

“啊，请吧。真是稀客啊，欢迎，欢迎。快请，就打那儿进来吧，没关系。”

她指了指壁龛附近的格子门。

室内的女子们一起朝他看来，菊治脸红了。

“都是女客吗？”

“是的，也有男士，他们都回去啦，您就是万绿丛中一点红啊。”

“不是什么红。”

“菊治少爷有红的资格，没事儿。”

菊治摆摆手，示意自己绕到对过的入口去。

那位拿着千羽鹤包裹的小姐，把换下的白布袜包起来，彬彬有礼地站着，让菊治先走过去。

菊治进入相邻的房间。这里散乱地放着点心盒、运来的茶具盒，还有客人们的东西。后面的水屋[1]里，女佣正在洗茶具。

千佳子走进来，跪坐在菊治面前。

"怎么样？是个好小姐吧？"

"是那个拿着千羽鹤包裹的姑娘吗？"

"包裹？我不知道什么包裹。就是那个刚才站在那儿的漂亮小姐呀。她是稻村先生的千金。"

菊治漠然地点点头。

"什么包裹？净是留心一些奇怪的东西，倒叫人大意不得。我还以为你们是一同来的，正为您的高超手腕而震惊呢。"

"你都说些什么呀。"

"来时的路上碰到了，实在有缘分。稻村先生，您家老爷也是认识的。"

---

1. 水屋：相当于茶室的厨房或洗涮间，茶会的准备、收拾、洗涤场所。一般为三铺席，内设纳物棚架。

“是吗？”

“他们过去是横滨一家生丝商。今天的事儿我没有对小姐说明，您就从旁好好相相吧。”

千佳子声音不小，菊治担心隔壁茶室里的人会听到。正在他踌躇之余，千佳子蓦地凑过脸来。

“不过，出了点儿麻烦。”

她压低了声音。

“太田夫人来了，她家小姐也跟着来了。”

她瞅着菊治的脸色。

“我今天并没有请她，可是她……这种茶会，谁都可以来参加的，刚才就有两对美国人来过了。对不起。太田夫人她知道了，也实在没法子。不过，她当然不知道菊治少爷的事情。”

“我今天也……”

菊治想说，他今天本来就不打算相什么亲，但是没有把话说出口来，似乎在喉咙管卡住了。

“尴尬的倒是夫人，菊治少爷只管像平时一样沉住气好啦。”

菊治听了千佳子的话感到气愤难平。

栗本千佳子和父亲的交往似乎不太深，时间也不长。父亲死前，千佳子曾经作为他身边好使唤的女人在家中出出进进。不光是茶会，就是一般客人来访，她也在厨房里帮忙。

自从千佳子变得男性化之后，母亲觉得，现在再去嫉妒她，就有点儿叫人哭笑不得了。母亲后来一定发现父亲看见过千佳子的痣了，可那时已经事过境迁，千佳子也一副不记往事的样子，转而成为母亲的后盾了。

菊治也逐渐对千佳子随意起来，跟她不时使个小性儿，不知不觉，少年时代揪心的厌恶感也淡薄了。

变得男性化、成为菊治家得心应手的一个帮工，这也许就是千佳子的一种生存方式。

千佳子仰仗菊治家做了茶道师傅，获得了初步的成功。

千佳子只是和菊治父亲一个男人进行毫无指望的交往，或许由此压抑了自己作为女人的欲望吧？菊治在父亲死后一想到这些，甚至对她泛起淡淡的同情。

母亲不再对千佳子抱着敌意了，其中一方面是因为牵涉到太田夫人的事。

自从茶友太田死后，菊治的父亲负责处理他的茶具，随之认识了他的遗孀。

最早将这件事告诉菊治母亲的就是千佳子。

不用说，千佳子站到了母亲一边。千佳子似乎做得有些过火，她每每跟在菊治父亲后面盯梢，还三天两头到夫人家里发警告。她满腔醋意，如火山喷发。

菊治母亲性格内向，她被千佳子这种风风火火、爱管闲事的行为弄得目瞪口呆，生怕这件丑事传扬开去。

千佳子当着菊治的面时，也对母亲大讲太田夫人的不是。她看到母亲对此不感兴趣，就说讲给菊治听听也好。

“那次我去她们家时，狠狠数落了她一通，谁知被她的孩子听到了，于是，隔壁传来了抽抽噎噎的啜泣声。”

“是她女儿吧？”

母亲皱起眉头。

“是的。听说十二岁啦。太田夫人真是愚钝，我以为她去骂那孩子呢，谁知她特地把孩子抱过来，让她坐到膝盖上，当着我的面，母女二人抱头痛哭。”

“那孩子也怪可怜的。”

“所以嘛，我也把她当作出气筒啦。因为她母亲的事，她全都知道。不过，那姑娘倒是长着一张桃圆脸，好可爱呢。”

千佳子边说边瞧着菊治。

“我们菊治少爷，要是也能跟老爷说说就好啦。”

“请你不要再播弄是非了。”

母亲警告她。

“夫人有苦只肯往肚子里咽，这可不行啊，干脆一股脑儿吐出来不好吗？夫人，您看您瘦成这副模样儿，可人家倒是白白胖胖的。虽说她少个心眼儿，可只要招人怜爱地哭上一阵子就行啦……不说别的，单说她接待您家老爷的客厅里，还公然悬着她亡夫的照片呢。您家老爷竟然一点儿也不在乎。”

就是这么一位夫人，在菊治父亲死后，领着女儿来出席千佳子的茶会了。

菊治仿佛被人兜头浇了一盆冷水。

正如千佳子所说，今日尽管没有邀请太田夫人，在父亲死后，千佳子依然和太田夫人保持来往。这一点，菊治万万没有料到。也许她还叫女儿向千佳子学习茶道呢。

“如果您不乐意，那就叫太田夫人先回去算啦。”

千佳子盯着菊治的眼睛。

“我没有关系，她们想回去，那就自便吧。”

“太田夫人要是这么一个善解人意的人，过去何须惹得老爷、太太烦心呢？”

“不过，一起来的还有小姐吧？”

菊治未曾见过这位遗孀的女儿。

菊治不愿当着太田夫人的面会见那位拿着千羽鹤包裹的小姐。他更不愿意在这种场合初会太田的女儿。

可是，千佳子的声音老是在他耳边响起，不断刺激他的神经。

“总之，她知道我来了，想逃也逃不掉呀。”

说着，他站了起来。

他从壁龛旁边进入茶室，顺势坐在入口处的上座。

千佳子跟着进来，郑重地给大家作介绍：

“这位是三谷少爷，三谷先生的公子。”

菊治重新向大家鞠躬致意，他一抬头，清清楚楚地看见了小姐们。

菊治心里有点儿紧张，眼前和服的色彩弄得他眼花缭乱，再也分不清谁是谁了。

他定下神来仔细一看，原来太田夫人正和他面对面坐着。

“噢呀！”

夫人的叫声全体茶客都听到了，那声音十分诚恳而充满怀想。

“久违啦，好长时间没见面啦。”

夫人继续说道。

接着，她轻轻拉一下身边的女儿的衣袖，示意她赶快行礼。那位小姐有些难为情，她红着脸鞠了一躬。

菊治实在有些意外。太田夫人的态度丝毫看不出有什么敌视和恶意，而是满含思念的样子。看来，她和菊治的不期而遇，倒使她异常高兴。她甚至忘记了自己在满室客人中是个什么身份。

太田小姐一直埋头不语。

夫人似乎有些觉察，她的双颊变红了。她的眼睛看着菊治，似乎想到他的身边和他说说话儿。

“还在做茶道吗？”

“不，我一向不做。”

“是吗？这可是祖传之道啊。”

夫人激情满怀，她的眼睛濡湿了。

菊治自打父亲葬礼之后，再未见过太田夫人。

她和四年前相比，没有多大变化。

她有着白皙而细长的脖颈，以及与此不太相称的浑圆的肩膀，体态比实际年龄更显轻盈些。眼睛稍大，鼻子和嘴巴显小。细细打量起来，那小巧的鼻官恰到好处，令人舒心。说起话来，嘴唇看上去有点儿向上翘。

小姐的长脖颈和圆肩膀明显是继承了母亲的特点，嘴巴比母亲的大，紧闭着。比起女儿的嘴，母亲的小嘴儿反而显得有些特别。

小姐的眼睛比她母亲的更加乌黑闪亮，含着几分悲愁。

千佳子瞅着炉子里的炭火。

“稻村小姐，给三谷少爷献杯茶，好吗？你还没有点茶吧？”

“唉。”

手拿千羽鹤包裹的小姐走了过去。

菊治知道，这位小姐坐在太田夫人的旁边。

但是，菊治自打看到太田夫人和太田小姐之后，总是避免把眼睛转向稻村小姐。

千佳子让稻村小姐点茶，大概是想给菊治看看的吧？

小姐走到茶釜前，回头望望千佳子。

“茶碗呢？”

“哦，就用那只织部[1]的好啦。”

千佳子说。

“这是三谷少爷家中的老爷最喜欢的茶碗，后来老爷送给我啦。”

小姐面前的茶碗，菊治是记得的。父亲一定用过这只茶碗，因为这是父亲从太田遗孀的手里接受下来的茶碗。

亡夫的这件心爱之物又从菊治父亲手里转到千佳子手里，眼下出现在茶席之上。太田夫人是以何种心境看待这一切的呢？

菊治对没头脑的千佳子甚感惊讶。

要说没头脑，太田夫人不是更加没头脑吗？

---

1. 织部：此处指织部茶碗，美浓窑烧制。另有彩陶茶盘、水罐等茶道用具。是安土桃山时代（1573—1603）继千利休之后，在著名茶人古田织部正重然指导下，贯彻“织部风格”的个性化精神而制作的。

面对中年女子纷乱繁杂的过去，菊治感到，正在点茶的小姐那副清净的模样儿显得多么纯洁、美丽！

三

千佳子打算让菊治瞧瞧手拿千羽鹤包裹的这位小姐，而小姐也许还不知道她的良苦用心吧？

稻村小姐大大方方完成了点茶，亲自把茶碗送到菊治面前。

菊治喝完茶，稍微端详了下茶碗。这只黑织部[1]茶碗，正面白釉的底色上，用黑釉描画出嫩蕨菜的花纹。

“还有印象吧？”

对面的千佳子问。

“怎么说呢……”

菊治模棱两可地应着，放下茶碗。

---

1. 织部陶瓷目前分为八类：志野织部、黑织部、青织部、总织部、绘织部、鸣海织部、赤织部，以及伊贺织部。黑织部者，整体使用铁质釉彩，烧成之后用铁钩自窑中拖出，立即放入冷水中，使其色漆黑、优雅，光洁无比。

“这蕨菜的芽儿明显表现了山乡的气息。这是适合早春时节的茶碗，是您家老爷使用过的。现在才拿出来，虽然有点儿过了季节，但正好献给菊治少爷。”

“不，我父亲用没用过，对这只茶碗来说并不重要。毕竟,这只茶碗是利休所在的桃山时代的传世之品[1]。数百年之间为众多茶人所宝爱，一代代传承下来。我的父亲算不了什么。”

菊治说着，他想忘掉自家同这只茶碗的因缘。

这是一只有着奇特因缘的茶碗，从太田传给太田夫人，太田夫人传给菊治的父亲，菊治父亲传给了千佳子。其间，太田和菊治父亲这两个男人死了，留下了两个女人。

如今，这只古老的茶碗又在感受着太田遗孀和她的女儿、千佳子、稻村小姐，还有其他小姐的芳唇吮吸和纤指抚摩了。

“我也想用这只茶碗喝一杯茶，刚才是用别的茶碗呢。”

太田夫人冷不丁地说道。

---

1. 凡具有一定来历的传统优秀茶具，谓之“名物”（meibutsu）。利休前，尤其是东山时代所产者，称为“大名物”（oomeibutsu）；利休时代者称为“名物”；利休以降，小堀远州选定之物称为“中兴名物”。经常有人误将“大名物”当作大名所用之物。

菊治再次感到惊讶。是卖乖装傻，还是厚颜无耻？

太田小姐一直俯首不语，菊治对她深为同情，他再也看不下去了。

稻村小姐又为太田夫人点茶，满室的目光一起注视着她。这位小姐也许不知道这只黑织部茶碗的因缘吧，她的动作只是遵循平常的套路。

这是一次无可挑剔的点茶，动作朴实，姿态纯正，身体上下皆富品味。

嫩绿的树叶映着小姐身后的障子门，其绚丽的振袖和服[1]肩头和衣袖仿佛摇曳着柔和的树影，一头秀发光洁耀眼。

这间茶室自然显得光线有些过强了，不过，这反而映衬出小姐的青春靓丽。她所持的绯红色茶巾[2]，使人感到鲜艳而不粗俗，小姐的素手里仿佛绽开一朵红花。

小姐的周围，似乎飞舞着千百只小小的白鹤。

太田遗孀将织部茶碗捧上手，说道：

“这黑釉里的青青茶汤，宛如萌发的一团春绿啊。”

---

1. 振袖和服：未婚女性长袖和式礼服。

2. 茶巾：原文为“袱纱”，用于揩拭茶具使之清洁，或者观赏茶具时垫在茶具下边。长、宽约三十厘米，质地多样，颜色有红、紫和松叶色等。

可是，她绝口不提这是亡夫的遗物。

接着，大家例行公事般地观赏茶具。小姐们对茶具不怎么了解，大体只是听千佳子的讲解。

水罐、茶勺，都是菊治父亲从前的物件，可是千佳子和菊治都没有明说。

小姐们回去后，菊治一坐下，太田夫人就挨了过来。

“刚才实在失礼了，您生气了吧？我一看到您，立即涌起一股怀念之情。”

“嗯。”

“您出落得好帅气呀。”

太田夫人眼里浮现着泪光。

“对了，对了，太太的葬礼……我本想参加来着，可是没有去。”

菊治神情黯然。

“老爷和太太相继去世……想必很孤单吧？”

“唔。”

“还不回家吗？”

“嗯，稍等一会儿。”

“很想找个时间，同您说说话儿。”

千佳子在隔壁叫喊：

“菊治少爷！”

太田夫人依恋地站起身子，小姐在院子里等着。

母女一起对着菊治低头告别，小姐的眼中暗含一种求助的神色。

相邻的房间里，千佳子带着身边两三个弟子和女佣一道收拾茶具。

“太田夫人都说了些什么呀？”

“没有……什么也没说。”

“您要提防着点儿，看她似乎又和顺，又恭谨，可总是装出一脸无辜的表情。谁知道她在想些什么。”

“她还不是经常出席你的茶会吗？不知道从什么时候起。”

菊治的口气里带着几分讽刺。

他要逃离这里恶浊的空气，于是来到外面。

千佳子跟了过来。

“怎么样？是个好姑娘吧？”

“是个好姑娘。不过，要是没有你和太田夫人，还有我父亲的亡灵，在身边徘徊、扰乱，那就更好啦。”

“您怎么这般斤斤计较呀？太田夫人和那位小姐毫无关系嘛。”

“我只是觉得对不住那位小姐。”

“有什么对不住她的。您不愿意看到太田夫人，这个我该向您道歉。可是今天我并没有请她呀。稻村小姐的事，您要另当别论。”

“那好，今天就告辞啦。”

菊治说罢又站着不动，他怕边走边说，千佳子更不会马上离开。

只剩下菊治一个人了。这时，他才发现眼前的山麓满布着杜鹃花的蓓蕾。他深深呼吸着空气。

他对自己应千佳子之邀来这里感到憎恶，可是对那位手拿千羽鹤包裹的姑娘却留下了鲜明的印象。

同席上看到父亲的两个女人，他之所以没有觉得心中郁闷，就是因为有那位姑娘在场啊！

然而，这两个女人如今还活着，并且谈论着父亲，而母亲已经死了。菊治每每想起这一点，就感到怒火中烧，千佳子胸前丑陋的黑痣也随之浮现在他眼前。

晚风吹拂着翠绿的新叶，菊治摘掉帽子，慢悠悠地走着。

他远远看见太田夫人站在山门边的绿荫里。

菊治猝然想躲开她，他巡视着四周。看样子，只要登上左右两旁的小山，就可以不经过山门。

可是，菊治还是往山门走去，他似乎稍微紧绷着双颊。

那位遗孀一眼看到菊治，反倒迎过来了。她双腮染着桃红。

“我等着想再见您一面呢。您或许认为我是个厚脸皮的女人吧？可是，就那么走了，我有些不舍得……再说，一旦分别，还不知什么时候能再见到呢。”

“小姐她呢？”

“文子呀，她先回去啦，是和朋友一起走的。”

“那么，小姐知道您是在等我吗？”

菊治问。

“嗯。”

太田夫人答道，她瞧着菊治的脸。

“这么说，小姐不会感到憎恶吗？刚才在茶席上，她好像不愿意和我见面。小姐好可怜呀。”

菊治说得很露骨，但听起来又很婉转。夫人直截了当地回答：

“那孩子见到您，一定很痛苦吧？”

“是我父亲让小姐吃尽了苦头啊。”

菊治本来的意思是，正像太田夫人的事，也让自己吃尽苦头一样。

“不是因为这个，实际上，文子很受老爷的疼爱呢。关于这些，我会找个时间慢慢对您说。那孩子一开始的时候，对于老爷的一番好心，似乎并不怎么领情。可是战争结束那阵子，在那场可怕的大空袭里，她似乎有所触动，态度完全变啦，对老爷也就尽心尽力起来。说是尽心，一个女孩儿家，也就是为了弄只鸡、做点儿小菜什么的给老爷送去，出去买买东西罢了。不过都是冒着生死的危险，全心全意干着的。她不顾飞机丢炸弹，从很远的地方扛来了大米……由于转变得太快，连老爷也感到迷惑不解。我眼瞅着女儿变成了另一个人，总是心疼得要命，同时也深感内疚。”

菊治这才想起母亲和自己都受过太田小姐的恩惠。那时候，父亲有时带一些意想不到的礼品回家。他这才知道，原来都是太田小姐买的。

“真不知女儿为何会变得这么快啊。可能是想着自己不知哪一天就会死掉，一定是可怜着我吧？所以也就拼着性命对老爷尽心尽力啦。”

小姐一定清楚地看到，在那场失败的战争里，自己的母亲拼死依附菊治父亲的爱的情景吧？由于现实中的每一天都是那样酷烈，她一定丢开自己死去的父亲，只看着现实中的母亲吧？

“刚才注意到文子的戒指了吗？”

“没有。”

“那是老爷送给她的。老爷即便来我这里，一响起警报，就马上要回去。于是文子就非要送他回家不可。她怕老爷一个人半道上出岔子。有一次，她送老爷没有回来，我想大概是在府上住下了，那样也好嘛。可转念又想，两个人该不会死在路上了吧？第二天早晨，回来后一问，才知道她送到府上的大门口，回来时在防空壕里熬了一夜。下回老爷又来的时候，他说：‘文子呀，多亏了你啦。’就把这枚戒指送给她了。那孩子不愿给您见到这枚戒指，她怕难为情啊。”

菊治听罢，心里一阵厌恶。奇怪的是，太田夫人还以为菊治当然会寄予一番同情呢。

然而，他对夫人并不感到十分厌恶，也不对她抱着特别的警惕。夫人自有一种使他身心放松的温馨之情。

小姐的百般用心，抑或在于她不忍心看到母亲凄凉的晚景吧？

太田夫人讲述着小姐的故事，在菊治听来，实际上是在诉说自己的爱情。

看来夫人有着满心的话儿想一吐为快。然而，这个听她倾诉衷肠的人应该是谁呢？是菊治，还是菊治的父亲？说得极端些，她似乎还没有找准这个对象。她把菊治当作他的父亲而追怀不已。

从前菊治和母亲对太田遗孀的敌意，尽管依旧尚未消除，现在已经松弛了大半，稍不留神就觉得自己仿佛就是被这个女人所爱的父亲。一种错觉引诱着他，自己好像和这个女人早有着一段情缘。

父亲很快和千佳子分手，和这个女人一直相爱至死，也不是不能理解。菊治心想，千佳子一定会欺负太田夫人。而菊治自己也被一种残忍之心所驱使，感到一种诱惑，似乎可以轻而易举地耍弄她一把。

“您经常出席栗本的茶会吗？她过去可是老欺负您的呀。”

菊治说。

“自从您家老爷去世之后，她给我写过信。我想念老爷，自己也很孤单。”

夫人低着头说。

“是和小姐一起吗？”

“文子也是很不情愿和我一道来。”

他们跨越铁路，穿过北镰仓车站，朝圆觉寺对面的山上走去。

四

太田遗孀少说也有四十五岁左右了，比菊治要大将近二十岁。然而，她使得菊治忘记了她的年龄，菊治仿佛怀抱着一个比他还要年轻的女人。

菊治切实和夫人共同感受到了她的多次经历带来的欢悦，他临场毫不畏缩，也没有觉得自己是个缺乏经验的单身汉。

菊治似乎初次认识了女人，同时也认识了男人。他对自己这种男性意识的觉醒深感惊讶。女人原来是个如此顺从的承受者，一个招之而来、诱之而去的被动者，一个令人销魂的温柔之乡啊！对于这些，菊治以前并不清楚。

菊治，作为一个独身者，事情过后，他每每有一种罪恶感。现在，这种罪恶感本该最为强烈，然而，他从中尝到的只是甘甜和安谧。

每逢这个时候，菊治都想无情地走开，可他陶醉于温热的依偎而不肯猝然离去，宛若锋芒初试，恋恋难舍。他不知女人的温柔波涛会绵延至此。菊治在那波涛中获得暂时的休憩，他意得志满，犹如一位征服者，一边昏昏欲睡，一边令奴隶为自己濯足。

他还感受到了一种母爱。菊治向下缩缩脖颈，说道：

“栗本这地方有一大块黑痣，您知道吗？”

他说罢，又立即感到不小心走了嘴。不过，因为此时脑中一片茫然，他并不觉得这话对千佳子有什么不好。

“布满了乳房呢，就在这块儿，这样……”

菊治说着，伸过手去。

菊治的头脑中泛起一种思绪，使他随口说出这件事来。这是有意背逆自我、伤害对方的一种奇矫的心理在作祟。他也许很想看看那块地方，借此掩饰一下羞赧而畏葸的心绪。

“不行，太可怕啦。”

夫人悄悄合上衣襟。她似乎没能马上理解菊治的意思，于是，意态安详地问道：

“这事我是初次听说，不过，遮在和服里看不见吧。”

“也不是完全看不见。”

“哦，究竟怎么回事呀？”

“长在这里，还是可以看到的。”

“瞧您，真讨厌，是想着我也长了痣，摸来摸去地在找吗？”

“哪里哪里，果真有，这会儿还不知是什么样的心情呢。”

“是在这儿吗？”

夫人也看着自己的前胸。

“干吗跟我说这些？这种事儿又算得了什么呀？”

夫人没有上钩。菊治的一番鼓动，对于夫人向来不起什么作用。于是，菊治只好自讨苦吃。

“总是不好啊。我在八九岁的时候，曾经见过那黑痣，如今还时时在眼前闪现。”

“为什么呢？”

“就说您吧，不也为那块黑痣所害吗？栗本不是扮作我和母亲的代言人，跑到您家里大吵大闹的吗？”

夫人应和着，悄悄缩了缩身子。菊治用力抱住她：

“我想就是那会儿，她也不断想到自己胸前的黑痣，所以更加心狠手辣吧？”

“哎呀，您说得挺吓人的。”

“她或许也是要向父亲报仇来着。”

“报什么仇呀？”

“有了那块痣，她始终抬不起头来。她一直认为自己被抛弃，也是因为长了痣的缘故。”

“不要再谈痣的事了，怪叫人恶心的。”

夫人看来不愿再想象那痣究竟是什么样子。

“栗本女士现在看来也不再避讳那块痣了。她活得很好，苦恼也已成为过去。”

“苦恼一旦过去，就再也不留痕迹了吗？”

“有时过去了，回头想想，还蛮怀念的呢。”

夫人说着，她似乎依然恍惚留在梦境之中。

菊治本来不愿说的一句话，这时也吐露出来了。

“刚才在茶席上，您身边不是坐着一位小姐吗？”

“嗯，雪子姑娘，稻村先生的女儿。”

“栗本喊我来，就是为了叫我看看那位小姐。”

“唔。”

夫人睁大了眼睛，频频盯着菊治。

“是来相亲的吗？我一点儿也没看出来。”

“不是相亲。”

“可不是嘛，是相过亲后回家的啊？”

夫人的眼睛在枕畔流下一道泪水，她的肩膀抽动着。

“是我不好，是我不好，干吗不早点儿跟我说呀？”

夫人伏面而泣。

菊治实在有些意外。

“到底是不是相亲后回家，跟你好不好，两者没有关系。”

菊治这样说，也完全是这么想的。

这时，稻村小姐点茶的倩影又在菊治的头脑里浮现，那个绘有千羽鹤的桃红包裹也渐渐明晰起来。

于是，夫人啜泣着的身子使他感到一种丑恶。

“啊，真是难为情呀，我罪孽深重，实在是个坏女人啊！”

夫人不住抽搐着浑圆的肩膀。

对于菊治来说，要是后悔的话，也一定会感到丑恶。尽管相亲是另外一回事，但眼皮底下，毕竟是父亲的女人。

然而，直到此时，他既不觉得后悔，也不觉得丑恶。

菊治并不十分清楚，他自己为何同太田夫人堕入了这种境况。一切都是那么自然。夫人刚才的意思，也许是后悔自己不该诱惑菊治吧？但是，夫人看来并没有打算诱惑菊治，而菊治也全然没有受到诱惑的感觉。况且，菊治内心里没有任何抵触情绪，夫人也是坦然以对。可以说，这里没有任何道德上的暗影。

他们进入圆觉寺对面山丘上的旅馆，两人一起吃了晚饭。因为菊治的父亲是个谈不完的话题。菊治并非一定要听，但他还是老老实实地听了，这显得很是滑稽。夫人也是毫不经意，心怀眷念地诉说着。菊治一边听她述说，一边感受着她那一番恬静的好意。他感到自己被包裹于温柔的情爱之中。

菊治仿佛觉得父亲曾经也很幸福。

她说自己不好就算是不好吧。他早已失去摆脱夫人的时机，只好委身于甘美的欢爱之中了。

抑或菊治的心底潜隐着一团阴影，逼使他像排毒似的，顺口将千佳子和稻村小姐的事也一并抖落出来了。

他的话太有效用了。假若后悔，就是因丑恶而后悔，菊治甚至还想要对夫人说些残酷的话语。他想起这些作为，心里蓦然涌出一种自我厌恶的情绪。

“干脆忘掉吧，一切都无所谓啦。”

夫人说。

“这些个事，又算得了什么！”

“您只是在回忆我父亲吧？”

“嗯。”

夫人怪讶地抬起头来。由于枕着枕头哭泣，菊治看到她眼泡有些红肿，眼白稍显浑浊，睁开的眸子还残留着女性的特有的倦怠。

“您要怎么说就怎么说吧，我是个可悲的女人吧。”

“胡说。”

菊治一把扯开她的前胸：

“要是有痣，我不会忘记的，印象很深……”

菊治对自己的话深感惊愕。

“不行，这么盯着看，可我已经不年轻啦。”

菊治露出牙齿凑了上去。

夫人刚才情感的波涛又上来了。

菊治安然入睡了。

朦胧之中，他听到了小鸟的鸣啭。菊治从嘤嘤鸟鸣声中睁开眼睛，这对于他，仿佛是第一次体验。

犹如朝露濡湿了碧绿的树林，菊治的头脑像被清水洗涤了一番，没有任何思虑。

夫人背对菊治而眠，不知何时又转过身来。菊治支起一只胳膊，用略带奇异的眼神望着薄明中的夫人的睡相。

五

茶会过去半个月，菊治接受了太田小姐的拜访。

她被引到客厅里，菊治为了平静一下激动的心情，亲自打开茶柜，用盘子装了些洋果子。他一时猜不出小姐是单独而来还是夫人因为不好进这个家才在门口等着。

菊治打开客厅的门，小姐从椅子边站起来，低着头。菊治一眼看到她那双唇紧闭的兜嘴儿。

“让你久等了。”

菊治绕过小姐的背后，打开面向庭院的玻璃窗。

他走过小姐身后的时候，闻到了花瓶里白牡丹的幽香。小姐浑圆的肩膀微微前倾着。

“请坐吧。”

菊治说罢，先在椅子上坐下来。不知为何，他感到心里很平静，因为他从小姐脸上看到了她母亲的面影。

“突然前来打扰，实在有些失礼。”

小姐低俯着头说。

“不必客气，找到这儿不容易吧？”

“嗯。”

菊治想起来了，空袭时就是这位小姐把父亲送回家门口的。这是他在圆觉寺里听夫人说的。

菊治想把这事告诉她，但没有说出口。他看了一下小姐。

于是，当时太田夫人温暖的情意，犹如一股泉水涌向心头。他想到，所有的一切，夫人都优容地原谅了他，使他安下了心。

也许正是这份安然，使他对于小姐也放松了警戒，不过，他还是没有正面迎望她。

“我来……”

小姐欲言又止，她抬起头。

“关于母亲的事，我想来拜托您。”

菊治屏住呼吸。

“请您原谅我母亲。”

“什么？原谅？”

菊治不由反问道。看来，夫人把自己的事情也都跟小姐说了。

“要说原谅，该请原谅的是我。”

“关于府上老爷的事，也请原谅。”

“父亲的事也一样，要说原谅，该请原谅的是我父亲。我母亲也已经不在，就算要原谅，谁来原谅呢？”

“老爷及早过世，想来也是我母亲的过错。再说，还有太太也……这事我也对母亲说过。”

“你过虑了。夫人也很可怜。”

“要是先死的是我母亲就好了。”

看样子，小姐感到羞愧难当。

菊治意识到小姐在说的是夫人和自己的事。那些事情，对她是多么大的伤害啊！

“您能原谅母亲吗？”

小姐再次极力央求道。

“提什么原谅不原谅，我要感谢夫人才是。”

菊治明确地表示。

“都怪我母亲，是母亲不好，请您别理她了，再也不必记挂她啦。”

小姐说得很快，声音不住颤抖。

“拜托啦。”

小姐请求原谅的话语，菊治听得很明白，意思是：您不要再管她的事情了。

“电话也不要再打了……”

小姐说着，脸也发红了。为了遮掩自己的羞涩，她有意抬头看看菊治。她珠泪盈睫，乌黑的眼波里没有丝毫恶意，仿佛在固执地哀求。

“我知道啦，对不起。”

菊治说。

“拜托您啦。”

小姐满面羞涩，连那细嫩、雪白的长长脖颈也发红了。

也许是为了映衬那美丽的细长颈项，她的西服领子装饰着一道白边儿。

“您打电话约她，母亲没有来，是我阻止了她。母亲拼命要来，我就抱住她不松手。”

小姐有些放心了，语调也和缓下来。

菊治打电话约请太田遗孀，是在那事之后第三天。夫人的声音显得很高兴，可是她没有到咖啡馆相会。

那次打电话之后，菊治一直没有见到夫人。

“事后想想，母亲太可怜啦，可是当时就是觉得太难为情，我拼死拼活把她拦下了。母亲就对我说，那么，文子，你就替我回绝吧。我来到电话机旁，一句话也说不出来。母亲呆呆地望着电话机，簌簌流下眼泪，仿佛三谷少爷就站在电话机旁边。母亲就是那样一个人。”

两人沉默了好一阵子，菊治说：

“上次茶会之后，夫人在等我，你为何先走了呢？”

“因为我想让三谷少爷知道，母亲不是那种很坏的人。”

“她一点儿也不坏。”

小姐低下眉来，可以看到娇小的鼻子下边是那只兜嘴儿，一张温和的桃圆脸很像她的母亲。

“我很早就听说夫人有个女儿，我曾幻想对你谈谈我父亲的事情呢。”

小姐点点头。

“我也这样想过。”

菊治心里想，要是自己同太田遗孀没有任何关系，能和这位小姐无拘无束地谈论父亲，那该有多好。

可是，他之所以从心底里原谅夫人，甚至原谅父亲和夫人的事，正因为他和这位夫人之间并非没有一点儿瓜葛。这奇怪吗？

小姐意识到已经待很久了，她慌忙站起身来。

菊治送她出去。

“要是有时间和你谈谈我父亲的事，以及夫人美好的人品就好啦。”

菊治虽然是随便说说，可他心里也是这么想的。

“好的。不过，不久就要结婚了吧？”

“我吗？”

“嗯。听母亲说的，您已经同稻村雪子小姐相过亲了……”

“没那回事。”

出了门就是一段下坡道，中间微微有些起伏。站在那里回首遥望，只能看见菊治家院子里的树梢。

菊治听了太田小姐的话，蓦然想起了千羽鹤小姐的姿影。文子站在路上，向他告别。

菊治转过身来，朝同小姐相反的方向，登上了高坡。

森林的夕阳

一

千佳子向公司里的菊治打电话。

“今天直接回家吧？”

是要回家的，可是菊治依然感到不悦。

“是的。”

“今天就快点儿回来吧。为了老爷。像往常一样，每年的今天都是老爷的茶会。一想起这个，我心里就不能平静。”

菊治沉默不语。

“我扫茶室呢，喂喂，我在打扫的时候，忽然想做上几道菜。”

“你在哪里啊？”

“在您府上，我就在这儿。对不起，预先没给您打招呼。”

菊治很是惊奇。

“一想起这一天，我就坐立不安，我想扫扫茶室，心情或许会好些。本来想先打个电话的，不过，您肯定要拒绝。”

父亲死后，茶室就闲置下来了。

母亲活着的时候，好像时常一个人进去坐坐。可是，她不在茶釜里生火，只是提着一铁壶开水进去。菊治不愿意母亲进入茶室。母亲会悄悄在里面想些什么呢？他很好奇。

菊治很想知道母亲一人在茶室里做什么，但他从未偷看过。

可是，父亲生前，茶室的事一任千佳子管理，母亲很少进入茶室。

母亲死后，茶室一直关着。从父亲在时就在家里做佣工的老保姆，一年打开几次，通风换气。

“从什么时候就没有打扫了呢？榻榻米擦过几遍了，还有霉味儿，真是没办法呀。”

千佳子说话越来越不知天高地厚了。

“扫着扫着，就忽然想做菜。想得突然，材料不齐全，不过也准备了点儿。您就直接回家来吧。”

“好啦，真没办法。”

“菊治少爷，您一个人也挺寂寞的，叫上三四个公司的同事一起来，怎么样？”

“不行，没有人懂茶道。”

“不懂更好嘛，我也只是粗粗准备了一下，就请放心地来吧。”

“那怎么行啊。”

菊治猛然吐出这么一句话。

“是吗？真叫人失望。怎么办呢？请谁呢？老爷的茶友呢……也没法儿叫，对啦，叫稻村小姐来吧。”

“开什么玩笑？算了吧。”

“为什么呀？不是很好吗？那件事儿，对方很积极，再见上小姐一面，仔细瞧瞧，好好谈谈，不行吗？今天请她，小姐要是来了，就说明她愿意啦。”

“不行，我不同意。”

菊治满心烦闷地说：

“算啦，别这样，我不回家了。”

“这事儿，我在电话里不好说，回头再说吧。总之，事情就是这样，您快点儿回来吧。”

“事情就是这样，就是哪样呀？我可不知道。”

“好啦，权当是我管闲事，行了吧？”

千佳子虽然这么说，可那种咄咄逼人的气势还是听得出来。

他想起千佳子胸口那一大块痣来。

于是，他觉得千佳子扫茶室的扫帚声，听起来就像打自己的头脑里扫过，她那擦洗廊缘的抹布就像在揩磨着自己的脑子。

因为首先有了这种厌恶感，千佳子趁他不在闯进家门，随便去做菜，这不是很奇怪的事吗？

要是为供奉父亲，扫扫茶室，插上鲜花回去，也还可以原谅。

但是，在菊治淤积心头的厌恶感里，稻村小姐的倩影犹如电光一闪。

父亲死后，自己自然和千佳子疏远了，但是，她莫非要借稻村小姐为诱饵，和自己重新结缘、紧盯不舍吗？

千佳子的电话，照例传达了她乐天的性格，让你只好苦笑而不由疏忽大意起来，但同时还带着一种强加于人、不可一世的语气。

菊治认为，自己觉得她是那样咄咄逼人，原因在于自己太懦弱了。因为过于胆怯，不管千佳子在电话里说些什么，他都不能发怒。

千佳子抓住了他的弱点，所以得寸进尺吧？

菊治下班后来到银座，进入一家狭小的酒吧。

菊治不得不按千佳子所说的那样回家去，然而他为自己的怯懦所苦，心情十分沉重。

圆觉寺茶会回来之后，菊治意外地和太田夫人在北镰仓旅馆住了一夜。这事虽然千佳子不会知道，但自那之后，她有没有和这位遗孀见过面呢？

他怀疑，电话里的强硬语调，不仅是因为千佳子本来就有的那副厚脸皮。

也有可能，千佳子只是按着自己的方式，处理他和稻村小姐的事情。

菊治无心在酒吧里继续待下去，他只得乘上电车回家了。

国营电车经过有乐町开往东京站的时候，菊治透过车窗俯视着高大的街道树下的道路。

这条道路和国营电车线路几乎构成直角，东西走向，正好映照着夕阳，宛若一块金属板，发出刺眼的光亮。然而，那承受着落日的街道树是阴影这边朝向电车，看上去一派浓绿，树荫里似乎很清凉。枝干纵横，宽阔的叶子葱茏、茂密。道路两边是排列整齐的西式楼房。

奇怪的是，街道上没有一个人影。直到皇居护城河一带，显得静悄悄的。闪光的车道也是一片宁静。

从拥挤的车厢里向下看，似乎只有这条街道浮现在黄昏奇妙的时间带里，具有一种外国的情味儿。

菊治想象着，那位手拿桃红绉绸白色千羽鹤小包裹的稻村小姐正走在这条林荫路上，包裹上的千羽鹤清晰可见。

菊治的心情一下子好起来。

这时候，那位小姐或许已经到家了，菊治胸中泛起一阵激动。

千佳子在电话里叫菊治邀请同事一起来，听到菊治不大积极，接着又说邀请稻村小姐，她究竟打的什么算盘？是否一开始就想叫小姐来呢？菊治还是摸不着头脑。

他一回到家，千佳子就急忙跑到门口：

“就一个人？”

菊治点点头。

“一个人好啊，她来啦。”

千佳子说罢，伸手来接菊治的帽子和提包。

“又路过哪家店里了，是不是？”

菊治想，也许自己脸上还残留着酒气。

“到哪儿去了？后来我又向公司挂电话，说已经走了。我算计着您路上的时间呢。”

“真是奇怪。”

千佳子随意闯进他家来，想干什么就干什么，预先连个招呼也不打。

她跟着他来到里屋，打算把女佣拿来的衣服给他换上。

“不用啦，这不好，我自己来。”

菊治脱下上装，回绝千佳子，一个人进入更衣室。

他换好衣服打更衣室走出来。

千佳子独自坐在那里，说：

“独来独往的，好佩服。”

“啊。”

“这种不自由的日子，总该结束啦。”

“看到老子受那份罪，不能再学他呀。”

千佳子睃了菊治一眼。

千佳子跟女佣借了下厨的衣服穿在身上，这本来是菊治母亲用的，她把袖子卷起来。

腕子以上白得很不协调，肌肤丰润，胳膊肘内绷着一条青筋。菊治意外地发现，她的膀子长着肥厚的筋肉。

“我想还是茶室好些吧，她现在正坐在客厅里呢。”

千佳子有点儿故作庄重地说。

“茶室里的电灯能亮吗？可从未见过茶室开灯。”

“要么用蜡烛，不是更有情趣吗？”

“那样不好。”

千佳子想起什么似的说道：

“对啦，对啦，刚才给稻村小姐打电话时，她问妈妈也一起去吗。我说，要是能一道来更好。可是她母亲说不方便，所以就决定小姐一个人来了。”

“决定？是你随便决定的吧？冒冒失失请人到家里，不怕人家说你太失礼了吗？”

“这我知道，不过小姐已经在这儿了，她能来，我们即便有些冒失，不也就自然消除了吗？”

“此话怎讲？”

“这不是明摆着的吗？喏，她今天既然肯来，就说明小姐对这门亲事主动愿意了呗。这条路倒是有点儿绕弯子，不碍的，事成后，你们两个就笑我栗本是个怪女人好啦。该成功的事，怎么办都能成功。这是我的经验。”

千佳子一副了如指掌的样子，她似乎看透了菊治的内心。

“你已经跟对方说好啦？”

“唉，说好啦。”

千佳子仿佛要菊治态度明朗些。

菊治起身，经走廊向客厅走去。他来到大石榴树下，想极力改变一下神情，因为他不愿意让稻村小姐看出自己有什么不悦。

他一看到蓊郁的石榴树荫，脑里就浮现出千佳子的那块痣。菊治摇摇头。客厅前面的脚踏石映现着落日的余晖。

格子门敞开着，小姐坐在门边一角。

小姐光彩照人，使得宽阔而幽暗的客厅角落也明亮起来。

壁龛的水盘里养着花菖蒲。

小姐系着绘有旱菖蒲的腰带，这实出偶然，不过也是出于季节的考虑，也许不算太偶然。

壁龛里的不是旱菖蒲，而是花菖蒲，叶子和花长得很高。看花的状态，可以知道是千佳子刚刚插上去的。

二

第二天，星期日，下雨。

午后，菊治独自进入茶室，收拾昨天用过的茶具。

他还想重温稻村小姐的余馨。

他叫女佣拿伞来，正要从客厅走向亭院里的垫脚石，发现屋檐下面排水的竹筒裂了，石榴树根前面，雨水哗哗流淌。

“那里要修一修啦。”

菊治对女佣说。

“是的。”

雨夜，钻进被窝，菊治想起，那流水声很早以前曾经听到过。

“不过，修来修去，没个完呀。趁着还不太破旧，卖掉算啦。”

“现在宅第大的人家都这么说呢。昨天，小姐看了大吃一惊，说好大呀。看样子，小姐会住到这里来的吧。”

女佣似乎叫他不要卖。

“栗本师傅，她也说了这样的话吗？”

“嗯。小姐一来，师傅就领她到处看了一遍。”

“什么？真有她的。”

昨天，稻村小姐没有告诉菊治这件事。

菊治以为稻村小姐只是从客厅来到茶室，所以今天他也想学着从客厅到茶室走一趟。

菊治昨晚彻夜未眠。

茶室里仿佛依然弥漫着小姐的体香，他半夜里还想爬起来再到茶室去看看。

“永远都是彼岸伊人。”

他如此想象着稻村小姐，这才又躺下了。

这位小姐居然在千佳子的带领下，在家里走了一圈儿，这使菊治甚感意外。

菊治吩咐女佣把炭火送到茶室里，他便踩着脚踏石走过去。

昨夜，千佳子回北镰仓了，她是和稻村小姐一块儿出去的，随后女佣收拾了茶具。

菊治只要把摆在茶室角落的茶具重新收好就行了，可他不知道原来是放在哪里的。

“栗本她可能很清楚。”

菊治嘀咕了一句，望着壁龛里的歌仙画[1]。

那是法桥宗达[2]的一幅小品，薄墨的线条施以淡彩。

“这画里是谁呀？”昨晚，稻村小姐问他，菊治没有回答上来。

“哦，这是谁呢？没有附上和歌，我不知道是谁。这种画里的歌仙，大致都是一个模样儿。”

“是宗于[3]吧？”

千佳子插嘴说。

“他写的和歌是：松林郁郁绿无限，更为春天增颜色。现在季节稍晚了点儿，不过老爷很喜欢，一到春天就经常挂出来。”

“究竟是宗于还是贯之[4]，光凭画是难于区别的。”

---

1. 歌仙画：原文作“歌仙绘”，第六十六代一条天皇治世时，藤原公任所选以柿本人麻吕为主的三十六位杰出歌人的肖像画，通常各附代表和歌一首。

2. 即俵屋宗达（？—约1640），江户初期画家，长于装饰画和水墨画。法桥为僧侣的级别，次于法印、法眼。宗达作为平民画家，被授予法桥之位，实属罕见。

3. 源宗于（？—940），第五十八代光孝天皇的皇子——忠亲王之子。三十六歌仙之一。歌风于平明中时带艳丽、余情和寂寥之感。

4. 纪贯之，仅次于柿本人麻吕的三十六歌仙之一。

菊治坚持说。

今天再看看，一张脸意态安然，实在辨别不出究竟是谁。

然而，这幅笔墨简洁的小型画，却给人以气象宏阔的感觉。望着望着，仿佛散发出微微的清香。

由这幅歌仙画，由昨晚客厅里的花菖蒲，菊治又想起稻村小姐来。

“我烧水了，想多烧一会儿，等滚开了才好，所以晚啦。”

女佣拿来炭火和铁壶。

茶室里有些潮湿，菊治只是叫拿火来就行了。他不想煮茶。

但是，菊治一提到火，女佣就暗自会意，所以开水也一并烧好了。

菊治胡乱添了木炭，架上茶釜。

菊治从小经常跟着父亲出席茶会，已经习惯了，可是自己从来没有主动点茶的兴趣。父亲也不劝他学习茶道。

如今水烧开了，菊治把锅盖子错开一些，茫然地坐在那儿。

菊治稍微闻到了霉味儿，榻榻米似乎也潮湿了。

色调朴素的墙壁，昨天把稻村小姐反衬得尤其突出，今天又黯淡了。

菊治感到稻村小姐的到来，就像住在洋房里的人穿着和服赴约一样，所以他昨天对稻村小姐说：

“栗本突然邀你来，实在难为你啦，选在茶室接待你，也是栗本的主意。”

“师傅对我说，今天是府上老爷举行茶会的日子呢。”

“听说是的，对于我来说，这种事儿全都忘记了，根本不考虑。”

“在这样的日子，偏要找我这样没什么常识的人来，师傅不是寒碜人吗？最近也没有很好学习。”

“栗本也是一大早才想起来，赶紧打扫茶室来着，所以才会有霉味儿。”菊治支支吾吾地说，“不过，同样能相识，要是不通过栗本的介绍就好了。我认为，很对不起稻村小姐。”

小姐惊诧地望着菊治。

“为什么这么说呢？没有师傅的介绍，当然没有人引我们见面了。”

这是她简单的抗议，不过，事情也确乎如此。

那倒也是，没有千佳子，在这个人世上，他们两个也许不会相逢。

菊治面对直射过来的目光，仿佛承受着鞭子的抽打。

接着，小姐的话听起来似乎答应了她和菊治的这门亲事。菊治是这么想的。

正因为此，小姐诧异的眼神，在菊治看来，却是一道亮光。

但是，菊治在小姐面前直接称千佳子为栗本，小姐会有何感觉呢？虽然时间很短，但她毕竟曾是菊治父亲的女人啊，小姐果真知道这些吗？

“栗本给我留下过不好的印象。”

菊治的声音在打战。

“我不愿意让这个女人触犯我的命运。我很难相信，稻村小姐是她介绍来的。”

千佳子也端来了自己的饭盘，谈话就此打住。

“我来陪陪你们吧。”

千佳子坐下了，她微微弓着腰，似乎要平静一下干活儿时的急促气息。她瞅瞅小姐的脸色。

“只有一位娇客，显得太冷清啦。不过，老爷地下有知，也一定会很高兴的。”

小姐恭谨地敛着眉说：

“我没有资格进入老爷的茶室呀。”

千佳子没有在意，她只顾沉浸于回忆里，滔滔讲述着菊治父亲生前是如何使用这间茶室的。

千佳子满以为这门婚事谈成功了。

临别时，千佳子走到大门口说：

“菊治少爷也到小姐家回访一次吧……下回就该商量日子了。”

小姐点点头，她似乎还想说什么，但终于没有开口。蓦然间，她的整个身姿显现出本能的羞涩。

出乎菊治意料，他仿佛感应到了小姐的体温。

然而，在菊治看来，自己好像被包裹在丑恶的黑幕之中了。

直到今天，这面黑幕仍未去除。

不仅介绍稻村小姐的千佳子不干净，菊治自身也不干净。

菊治一味想着父亲用脏污的牙齿吮吸过千佳子胸前的黑痣，父亲的影像也和自己连在一起了。

小姐对于千佳子并不在意，而菊治却很在意。不是吗？菊治的卑怯和优柔，虽然不全是因为这一点，那也是重要原因之一啊。

菊治看起来是那样厌恶千佳子，仿佛稻村小姐和他的婚事也是千佳子强迫的结果。再说，千佳子似乎也是一个便于如此利用的女人。

菊治以为自己的这番用心可能已被小姐看穿，所以好像当头挨了一棒。菊治这时候也好像看清了自己，不禁感到愕然。

吃罢饭，千佳子去沏茶，菊治又问道：

“假如说，我们的命运注定操纵在栗本手里，那么对于命运的看法，稻村小姐和我就很不相同。”

他的话总带有一些辩解的味道。

父亲死后，菊治不愿意母亲一个人进入茶室。

现在想想，父亲、母亲和自己进入这间茶室时，各人有各人的想法。

雨点儿打在树叶上。

其中，雨水落在雨伞上的声音逐渐临近。

“太田女士来啦。”

女佣在门口说。

“太田女士？是小姐吗？”

“是夫人，看样子很憔悴，像是生病了……”

菊治猝然站起身来，伫立不动。

“请到哪儿坐呢？”

“就在这里。”

“好的。”

太田夫人淋着雨进来了，看样子，她把伞放在大门口了。

菊治以为雨水沾湿了她的脸庞，没想到竟是眼泪。

因为不断从眼睛流到面颊上，所以菊治才知道是泪水。

一眼看去以为是雨水，这都是因为菊治开始太疏忽。

“啊，怎么啦？”

他几乎叫起来，慢慢靠近她。

夫人坐在被雨水打湿的廊缘上，两手伏地。

她眼看着就要慢悠悠瘫倒在菊治身上了。

自廊缘进屋的门槛附近变得湿漉漉的。

她泪如泉涌，泪水在菊治眼里犹如点点雨滴。

夫人的眼睛始终不离开菊治，仿佛是那目光支撑着，她才没有倒下。菊治也感到，假如摆脱她的视线，就要发生什么危险。

夫人眼窝凹陷，四周布满细密的皱纹，眼圈儿青黑，显现奇妙的病态的双眼皮。可那副哭诉般的眼眸，温润而明亮，满含无法形容的柔情。

“对不起，很想和您见面，实在忍受不住了。”

夫人满含深情地说。

那番柔情从她的姿态上也看得出来。

要是缺乏这种柔情，凭着那副憔悴的样子，菊治是很难正面瞧着她的。

菊治被夫人的痛苦刺穿了心胸。而且，他明明知道这痛苦皆因自己而来，但还是错以为夫人的一片柔情可以缓解自己的痛苦。

“要淋湿的，快进来吧。”

菊治蓦然从夫人的背后紧紧抱住她的前胸，几乎是把她拖上来的。他的动作有些残酷。

夫人想站稳。

“请放开我，放开来。很轻吧？”

“是啊。”

“已经很轻了，最近瘦多啦。”

菊治一下子将夫人抱起来，连他自己都感到有些吃惊。

“小姐会放心不下的。”

“文子？”

听到夫人的呼唤，仿佛文子也来到了这里。

“是和小姐一道来的吗？”

“我瞒着她呢……”

夫人抽噎起来。

“那孩子始终守着我，半夜里，我一有动静，她马上就醒了。她因为我，也变得古怪起来了。她甚至说出一些可怕的话。她问我：‘妈妈，你为什么只生下我这个孩子？你也可以为三谷老爷生个孩子嘛。’”

夫人说着，改换了一下姿势。

菊治从夫人的口气里感受到小姐的悲哀。

文子的悲哀，抑或正在于她不忍心看到母亲的悲哀。

尽管如此，听到文子竟然说出让夫人为菊治父亲生孩子，这话深深刺疼了他。

夫人依然凝神注视着菊治。

“今天或许也会追我来的。我是趁她不在家时溜出来的……她看到下雨，以为我不会外出。”

“怎么，下雨天就……”

“也许她以为我体弱，下雨天走不了路。”

菊治只是点点头。

“前些天文子到这里来过吧？”

“是来了，她叫我原谅她的母亲，听小姐这么一说，我反而无言以对了。”

“我完全知道这孩子的想法，可是为什么还要来呢？啊，真可怕。”

“不过，当时我还是感谢了夫人一番。”

“太好啦，仅凭这我本该知足啦……谁知过后我还是痛苦得受不了，实在对不起。”

“说实在的，没有谁可以束缚住您的，即使有，也只能是父亲的亡灵，是吗？”

但是，夫人并没有被菊治的话打动，菊治仿佛扑了个空子。

“忘掉吧。”夫人说，“接到栗本女士的电话，我真不知道为什么那么上火，想想很是惭愧。”

“栗本给您打电话了吗？”

“嗯，今天早上，她告诉我您和稻村雪子小姐的婚事成功了……她为何告诉我这件事情呢？”

太田夫人的眼睛又溢满泪水，但她还是笑了。那不是凄凉的微笑，而是一种天真无邪的微笑。

“事情还没有决定下来。”菊治一语否定。

“夫人是不是让栗本觉察出我的一些情况来了？打那之后，您和栗本见过面没有？”

“没见过。不过，她是个可怕的女人，也许早已知道了。今天早晨打电话的时候，她肯定觉得我有些怪。我呀，也真没出息，差点儿倒下来，嘴里还喊叫了一声。尽管是打电话，但对方听得很清楚。她还说什么‘夫人，请您不要干扰’之类的话。”

菊治皱起眉头，一时说不出话来。

“说我干扰，这简直是……关于您与雪子小姐的亲事，我只怪自己不好。可是从今早起，我觉得栗本女士十分可怕，一想到她就觉得浑身战栗，家里实在待不住了。”

夫人有点儿魂不守舍了，她不住震颤着肩膀，嘴唇朝一边歪斜，而且上挑，显露了这个年龄的老丑。

菊治站起身走过去，伸手按住夫人的肩膀。

夫人抓住他的手说：“我怕，我好怕呀。”

她环顾一下周围，突然颓丧地说：

“是这里的茶室吗？”

她是什么意思呢？菊治迷惘地回答：

“是的。”

他的话同样暧昧不清。

“是间好茶室呢。”

夫人是想起死去的丈夫经常应邀来这里呢，还是想起菊治的父亲了呢？

“是第一次吗？”

菊治问。

“嗯。”

“您在看什么？”

“不，没什么。”

“那是宗达的歌仙画。”

夫人点点头，随后她一直低着眉。

“从前没到我家来过吗？”

“是的，一次也没来过。”

“是这样的吗？”

“哦，只有一次，老爷的葬礼……”

夫人不再说下去。

“水已经开了，喝杯茶吧，可以医治疲劳，我也要喝呢。”

“唔，可以吗？”

夫人想站起来，她摇晃了一下身子。

角落里摆着碗橱，菊治拿来茶碗。他注意到这是昨天稻村小姐用过的茶碗，但照旧拿了出来。

夫人想打开茶釜锅盖，她抖动着手指，盖子碰撞在茶釜上，发出轻轻的响声。

她手拿茶勺，胸部微微前倾，泪水滴在茶釜沿上。

“这个茶釜也是您家老爷买下的。”

“是吗？我一点儿也不知道。”

菊治说。

即使听夫人提起这是其亡夫保有的茶釜，菊治也不觉得反感。他对率直地谈起这种事来的夫人，也不感到奇怪。

夫人煮好茶说：

“我不能端过去，请过来吧。”

菊治走到茶釜旁边，就在那里喝茶。

夫人失神似的一头倒在菊治的膝盖上。

菊治抱住夫人的肩膀，她稍稍晃动着脊背，呼吸变得细微起来。

菊治像怀抱一个婴儿，感到夫人浑身酥软。

三

“夫人。”

菊治粗暴地摇了摇夫人。

菊治双手做了个卡脖子的形状，抓住她的咽喉和胸骨，他发现夫人的胸骨比以前更加突出了。

“夫人分得清父亲和我吗？”

“太残酷了，不要这样。”

夫人闭着眼睛，声音甜甜地说。

夫人仿佛不想马上就从另一个世界回来。

菊治是对夫人说的，更是对自己心中的不安说的。

菊治也乖乖地被带到了另一个世界里。那只能是别一种世界。在那里，父亲和菊治已经没有什么区别了，那种不安是后来才萌生的。

夫人也许不是人世间的女子，她是人世以前的女子，或者是人世最后的女子。

夫人一旦进入别一种世界，那么她死去的丈夫和菊治的父亲，还有菊治，就不会有什么区别了吧？

“您一想起父亲，就把他和我当成一个人了，对吗？”

“原谅我吧，啊，太可怕了。我是个罪孽深重的女人！”

夫人眼角的泪水流成了一条线。

“啊，真想死，我真想死啊！要是现在能死，那该有多么幸福。菊治少爷，您刚才不是要掐我的脖子吗？您干吗又不掐死我了呢？”

“别开玩笑啦。不过，您这么一说，我真有点儿想掐掐看呢。”

“是吗？那太好啦。”

夫人说罢，伸长了细长的脖颈。

“太瘦了，很好掐。”

“您总不会留下小姐去死吧？”

“不，这样下去，还不是累死吗？文子的事只好拜托菊治少爷了。”

“您是说小姐也和您一样吗？”

夫人沉静地睁开眼来。

菊治对自己的话感到惊讶。这是一句无意之中说出来的话。

夫人会作何理解呢？

“瞧，脉搏这么乱……已经不会太长了。”

夫人抓起菊治的手放在乳房下面。

也许她听到菊治的话以后，心脏在剧烈地悸动吧。

“菊治少爷多大了？”

菊治没有回答。

“不到三十岁吧？对不起，我是个悲哀的女人，我可不知道呀。”

夫人支撑着一只手臂，歪着身子，蜷起腿来。

菊治坐着。

“我呀，来这里不是为了玷污菊治少爷和雪子小姐的婚事，不过，一切都了结啦。”

“结婚的事还没有定下来，您这么说了，我权当您是为我洗脱了过去。”

“是吗？”

“就说媒人栗本吧，她是我父亲的女人。她为了出气，总喜欢算老账。而您是我父亲最后的女人。我想，有了您，我父亲也是很幸福的。”

“您还是早些和雪子小姐结婚吧。”

“这是我的事。”

夫人茫然地望着菊治，面颊失去血色，用手按着额头。

“我有些头晕。”

夫人执意要回家，菊治叫了汽车，自己也乘了上去。

夫人闭着眼，靠在车子的角落里，身子已经无法支撑，生命亦在飘忽之中。

菊治没有进入夫人的家。下车时，夫人冰冷的手指从菊治的掌心里倏忽消失了。

当夜两点钟，文子打来电话。

“是三谷少爷吧？妈妈她刚才……”

她到这里顿了一下，决然地说：

“她去世啦。”

“什么？夫人她怎么啦？”

“她死啦，心脏麻痹。最近，她吃了许多催眠药。”

菊治无言以对。

“所以，我有事想拜托三谷少爷。”

“说吧。”

“三谷少爷要是有要好的医生，能不能来一趟呢？”

“医生？要找医生吗？这么着急？”

医生一直没有来过吗？菊治十分不解，接着恍然大悟。

夫人是自杀，为了隐瞒，文子才托了菊治。

“我知道啦。”

“请多关照。”

文子一定经过深思熟虑，才给菊治打电话的。因此，她只是简明扼要地给他说了。

菊治坐在电话机附近，闭着眼睛。

菊治在北镰仓旅馆和太田夫人住了一夜，在回来的电车上看见的夕阳，又在他的头脑里闪现。

那是池上本门寺[1]森林的夕阳。

他看到火红的夕阳如流水一般掠过森林的树梢。

森林黑黢黢地浮现在晚霞的天空中。

夕阳掠过树梢，渗进了疲敝的眼睛，菊治紧闭着双眸。

蓦然之间，他联想到那留在眼帘的夕照的天空，似乎空中飞翔着稻村小姐包裹上银白的千羽鹤。

---

1. 池上本门寺：位于东京都大田区，日莲上人圆寂的寺庙。今天的横须贺线不经过此处。

志野瓷

一

菊治在太田夫人“头七”的第二天来到太田家。

第一天，想着从公司下班回来已经是下午，他本打算请假提前去那里，但临出门时又感到心神不安，所以直到天黑都未能成行。

文子来到大门口。

“啊呀。”

文子两手拄地，抬头仰望着菊治。她那颤抖的肩膀全靠两手支撑着。

“谢谢昨天的献花。”

“不客气。”

“承蒙献花，我还以为不会光临了呢。”

“是吗？也可以先献花，后来人的嘛。”

“可是，我没有想到这一点。”

“昨天我已经走到这里的花店了……”

文子真诚地点点头：“花里虽然没有标上大名，我一看就知道了。”

菊治想起来了，昨日他站在花店的花丛之中，回忆着太田夫人。

菊治立即感到，是这馥郁的花香缓解了自己对于罪愆的恐惧。

如今，文子同样满含温情地迎迓菊治。

文子穿着白底棉布衣服，没有施白粉，稍显粗糙的嘴唇搽了点儿淡淡的口红。

“昨天我还是不来的好。”

菊治说。

文子歪斜着身子，意思是“请进来吧”。

文子想控制自己不哭出声来，就像她在大门口打招呼一样。可是这回，她以同样的身姿说话，眼看就要哭起来了。

“哪怕只是承蒙送来鲜花，就不知多么令人高兴的了。不过，您昨天也是可以来的。”

文子站在菊治身后说。

菊治尽量装出轻松的口气：

“我不愿意使得你家亲戚们感到厌烦。”

“我已经不考虑那些了。”

文子坦白地说。

客厅里，灵位、骨灰盒前立着太田夫人的照片。

花只有昨天菊治送的一束鲜花。

菊治未曾料到，文子只把他送的花留了下来，其余的花，也许文子全都收拾了。

也可能就是个寂寥的“头七”。菊治有这样的感觉。

“是水罐啊。”

文子知道菊治指的是花插。

“哦，我以为正合适。”

“好像是件挺好的志野瓷[1]呢。”

作为水罐有点儿小了。

花是白玫瑰和浅色的康乃馨，这束花插在筒状的水罐里十分相宜。

“母亲也时常用来插花，所以留下了，没有卖掉。”

菊治坐在灵前烧了香，他双手合十，闭上眼睛。

---

1. 志野瓷：据传为志野宗信于文明至大永年间（1469—1528）在濑户烧制的瓷器。志野自安土桃山时代开始在美浓（今岐阜）作陶，以白釉为基本。志野瓷分类多种，其中绘志野以不透明白釉为底，用铁质釉绘制花纹，大方素朴，别具风格。

菊治表示谢罪。他对夫人的爱满怀感谢之情，同时又仿佛受到这种心情的怂恿。

夫人是因为罪责难逃而死的吗？是为情爱追逐，无法忍受而死的吗？置夫人于死地的是爱，还是罪？菊治整整思考了一个星期，还是迷惑不解。

而今，他在夫人的灵前紧闭双眼。尽管夫人的肢体没有浮现在他的脑海里，然而，夫人那种令人迷醉的触感却温馨地包裹着菊治。奇怪的是，对于菊治来说，也正是因为夫人，这一切并不显得有什么不自然。触感复苏过来了，这不是雕刻的感觉，而是音乐的感觉。

夫人死后，菊治长夜无眠，他在酒里加了安眠药，但还是易醒，多梦。

但是，他并不感到噩梦的威逼，而是在梦醒之际，享受着甘美的陶醉。菊治睁开眼睛，脑子一片恍惚。

死去的人也能令人感受到她的拥抱，菊治觉得很奇怪，凭着他的肤浅的经验，实在难以想象。

“我是个罪孽深重的女人！”

夫人和菊治在北镰仓旅馆住那一夜的时候，以及她来到菊治家里走进茶室的时候，她都说了上面的话。正如这句话反而更加诱发夫人欣快的战栗和唏嘘一样，如今，菊治坐在灵前，思索着夫人的死因如果就是她的罪愆的话，那么，他依然会不时联想到夫人所说的“罪孽深重”这句话来。

菊治睁开了眼睛。

文子在他的身后啜泣，她有时忍不住哭出声来，又似乎强咽了回去。

菊治一动不动。

“这是什么时候的照片？”

他问。

“五六年前的，是将小幅放大的。”

“是吗？这不是点茶时的照片吗？”

“哎呀，说的正是呀。”

这是一张放大了的面部照片，领口下边和两肩外缘被裁去了。

“您怎么知道是点茶时的照片呢？”

文子问道。

“我有这种感觉。稍微低俯着眉头，是在做着什么事的表情。虽说看不见肩膀，但能看出身子在用力气。”

“面部稍微有些偏向侧面，我很是斟酌了一阵子，但这是母亲所喜欢的照片啊。”

“显得很沉静，是一张好照片呢。”

“可是脸部偏向一侧还是不太好，人家烧香时她都没能瞧一眼。”

“可不，是有这个问题。”

“面部转向一边，又低着头。”

“是这样啊。”

菊治回忆起夫人临死前还在点茶。

夫人手拿茶勺，眼泪滴在茶釜沿上。当时菊治走过来，自己端走了茶碗。茶一喝完，茶釜上的眼泪就干了。菊治刚放下茶碗，夫人就一头倒在他的膝盖上。

“照这张像的时候，母亲有些发福。”

文子说着说着支吾起来。

“还有，这张相片中的母亲和我很相像，挂在这里，真是有些难为情。”

菊治蓦地回过头去。

文子低下眉来，从刚才起，她的眼睛就一直凝视着菊治的背影。

菊治已经离开灵位，他必须面对文子。

难道他要对文子道歉一番吗？

幸好花插用的是志野瓷的水罐，菊治两手向前轻轻支着身子，如同打量茶具般审视着水罐。

白色的釉子里泛着微红，犹如冷艳而温淑的肌肤，菊治用手摸了摸。

“犹如温柔的香梦，我喜欢优良的志野瓷。”

他本想说“犹如温柔的女子香梦”，但省略了“女子”二字。

“要是中意，就当母亲的遗物送给您吧。”

“不。”

菊治慌忙抬起头来。

“要是不介意，就收下吧，母亲也会很高兴的。这件东西好像还不错。”

“当然是件好东西了。”

“我也从母亲那里听说过，所以把您送的鲜花插上了。”

菊治不禁热泪滚滚。

“好吧，我收下。”

“母亲一定很高兴。”

“不过，我不大会再当作水罐使用，可能用作花瓶。”

“母亲也用来插过花，可以那么用的。”

“花也不是适合于茶道的花。茶道的用具离开茶道就显得凄凉了。”

“我也不想再习茶道了。”

菊治回头看了看，顺势站起来。

他把壁龛附近的坐垫移到廊缘边坐下来。

文子一直在菊治身后，保持着距离坐着，她没有坐垫。

菊治移动了位子，文子一个人留在了客厅中央。

文子的手放在膝头，手指微微弯曲，这时颤抖着握了起来。

“三谷少爷，请您原谅我的母亲吧。”

文子说罢，忽地低下头。

刹那之间，文子的身体像是要倒下来，菊治大吃一惊。

“说什么呢？请求原谅的应该是我啊。我甚至觉得我应该郑重地致歉。可我不知道如何道歉，我愧对文子小姐，感到没有脸来见你。”

“感到内疚的是我们。”

文子的脸上露出羞愧的神色。

“真是无地自容呀。”

文子那没有搽一点儿白粉的面颊，直到白皙、细长的脖颈，逐渐泛出了潮红，由此可以感知她确乎身心交瘁了。

而那淡薄的血色，越发反衬出文子的贫血。

菊治心如刀割。

“我以为你对我憎恶极了。”

“憎恶？怎么会？母亲曾经憎恶三谷少爷吗？”

“不，害死你母亲的，不正是我吗？”

“母亲是自己寻死的，我一直是这么想的。母亲死后，我一个人独自思考了一周呢。”

“打那之后，家里就剩你一个人了吗？”

“嗯。在这之前，我和母亲都是这么生活过来的。”

“是我害死了你的母亲。”

“她是自己寻死的，假如说三谷少爷害死了母亲，那我更是害死了自己的母亲。如果因为母亲的死而必须憎恶谁的话，那么，就应当憎恶我自己。要是由别人承担责任或感到后悔，母亲的死就会变得阴暗而不纯粹，留下的反省和后悔就会成为死者沉重的负担。”

“也许确实是这样。可要是我没见夫人……”

其余的话菊治没有说出口。

“死去的人要是能够获得饶恕，就足够了。也许母亲是为了获得饶恕才死的吧？您肯不肯原谅母亲呢？”

文子说着，站起来走了。

听了文子的话，菊治感到头脑里的一幕终于结束了。

他想，果真可以减轻死者的负担吗？

为死者而深感忧烦，等于诅咒死者，这种浅薄的错误也许很多吧？死去的人不能以道德强迫活着的人。

菊治再度瞧了瞧夫人的照片。

二

文子端着茶盘进来了。

茶盘上放着“赤乐”和“黑乐”筒形茶碗[1]。

她把“黑乐”放在菊治面前。

杯子里是粗绿茶。

菊治捧起茶碗，瞅瞅碗底的乐印。

“是谁的？”

他很唐突地问道。

“我看是了入[2]的吧。”

“红的也是吗？”

“也是。”

“是一对儿吧？”

---

1. “乐烧”瓷，于天正年间（1573—1592）在京都始创，是一种低火度烧制的软性陶瓷。不用辘轳等造型道具，只用指尖捏制成型，故谓之“手捏瓷”，素朴、雅致。“赤乐”在乐烧中最为普通，本体为氧化铁黏土，涂以红色，上透明釉彩烧成。“黑乐”则涂以黑色不透明釉彩，强火烧制，并放入开水中浸泡，以取得柔和之感。筒形茶碗有深筒茶碗和半筒茶碗之分。

2. 了入(1756—1834)，“乐烧”本家乐家第九代陶工，乐家中兴名匠。其制品精巧轻盈，赤釉色彩鲜明，黑釉沉静、滋润。

菊治瞧着红茶碗。

文子把红茶碗一直放在膝盖前边。

用筒形茶碗代替茶杯更方便，不过倒是促起了菊治不快的想象。

文子的父亲死后，菊治的父亲还活着的那阵子，菊治的父亲到文子的母亲那里，那时用的不是茶杯，就是这一对儿“乐茶碗”吗？菊治父亲用黑的，文子母亲用红的，是用作“夫妇茶碗”了吗？

如果是了入制陶，也没有什么不舍得的，说不定还是他们两人行旅中用的茶碗呢。

果真如此，那么文子明明知道这些，却仍然为菊治拿出这对儿茶碗来，这可是一场不小的恶作剧啊！

然而，菊治并不感到这是有意的讥刺或耍什么阴谋。

他只觉得这是一个少女单纯的感伤。

这感伤抑或也感染了菊治。

文子和菊治，都为文子母亲的死所累。他们也许不能摆脱这样的感伤吧？然而，这对儿“乐茶碗”加深了菊治和文子共同的悲哀。

菊治父亲和文子母亲之间，文子母亲和菊治之间，还有文子母亲的死，所有这一切，文子也都一清二楚。

隐瞒文子母亲的自杀，也是他们两个的共谋。

文子的眼角微红，看来她刚才沏茶时哭过一场。

“我想，今天还是来得好。”

菊治说。

“刚才文子小姐的话，意思是说死者和活着的人，已经不存在什么原谅不原谅的事情了。那么，我可以换一种想法，那就是认定夫人已经原谅了我。”

文子表示理解。

“只有这样，母亲也才会获得原谅啊，虽然母亲不肯原谅她自己。”

“可是，我到这里来，和你相向而坐，这也许是一件很可怕的事。”

“为什么呢？”

文子看了看菊治。

“是指选择死这件事不好吗？我也有同样的想法。母亲死的时候，我也一直感到痛悔来着。母亲不论受到如何的误解，死都不能用作辩明。死拒绝一切理解。不论是谁，都无法给予原谅的。”

菊治默然不语，他以为，文子也在探索死的秘密。

死，拒绝一切理解。他听文子说出这样的话，感到很意外。

现如今，菊治所理解的夫人和文子所理解的母亲，也许截然不同。

文子没有办法了解作为一个女人的母亲。

原谅也好，被原谅也好，菊治只是一味陶醉于女体的温柔之乡，任凭情感之波漂荡。

这黑、红一对儿乐茶碗，载着菊治，神游于情感的梦幻之中。

文子不知道这样的母亲。

从母亲身体里出生的孩子，不理解母亲的身子，这真是有些微妙，但母亲身体的形状很微妙地传给了女儿。

从在大门口受到文子迎迓那时候起，菊治就感受着一种柔情，这是因为他从文子那张亲切的桃圆脸上看见了她母亲的面影。

如果说，夫人从菊治那里看见了他父亲的面影而犯下了错误，那么，菊治认为文子酷似她的母亲，这种令人战栗的诅咒，引诱着菊治乖乖地就范了。

文子那小巧的微微突出的下嘴唇有些粗糙了，菊治盯着她，觉得没法儿和她再争执了。

怎么样才能使得这位小姐略示反抗呢？

菊治心中泛起了一种感觉，他说："夫人也很柔弱，所以她无法活下去了。"

"可是我对夫人很是残酷，我把自己道德上的不安，通过这种形式，有些强加给夫人了。因为我太胆小、太卑怯……”

“是我母亲不好，母亲太不像话啦。我认为她对您家老爷或者对三谷少爷您所为，都不符合她的性格。”

文子嗫嚅起来，面孔现出红晕，比起刚才更加鲜丽。

她故意躲避菊治的目光，稍稍转过脸，低下头来。

“不过，打从母亲死后第二天起，我就渐渐认识到母亲其实是很美的。这不单是我的看法，而是母亲独自变得美好起来了吧。”

“大凡对于死去的人，都是一回事吧。”

“母亲也许是耐不住自己的丑行才死的吧？不过……”

“我想不是这样的。”

“还有，她实在痛苦得无法忍受啦。”

文子眼中涌出了眼泪，她是想说说母亲对菊治的满心情爱吧。

“死去的人，已为我们的心灵所有，好好珍视吧。”

菊治说。

“不过，他们都死得太早啦。”

文子明白，菊治指的是他和文子两家的父母。

“你和我都是独生子女。”

菊治接着说。

从自己的话里他才觉察，假若太田夫人没有文子这个女儿，他或许会因为和夫人之间的事，陷入更加黯淡与扭曲的思绪之中。

“文子小姐，听说你对我父亲也很亲切，这是夫人告诉我的。”

菊治终于冒出了这句话来，他自以为说得很自然。

父亲将太田夫人当作情人，常来她们家里，他想这事儿和文子说开了也没有关系。

不料，文子立即双手伏地。

“请原谅，因为母亲太可怜啦……打那时起，母亲时时刻刻想寻死。”

她一直那么俯伏着身子，不知不觉哭出声来，双肩似乎也没了力气。

菊治来得很突然，文子没来得及穿袜子，为了把两脚藏在腰后面，她尽量团缩着身子。

文子的头发扫着榻榻米，从“赤乐”筒形茶碗上掠过。

文子两手捂着哭泣的脸孔出去了。

她好大一会儿没有回来。

“今天就到这儿吧，我告辞了。”

菊治说着，出了大门。

文子抱着包裹来了。

“这件东西，请带着吧。”

“哦？”

“志野水罐。”

拿出花，倒掉水，擦干净，包好。文子手脚这么麻利，菊治颇为惊奇。

“今天就拿走吗？就是那个插了花的？”

“请吧，请带走吧。”

文子因为悲不自胜才加快了动作吧？菊治想。

“那我就领情了。”

“本该由我自己送去的，可我不便去府上拜访。”

“为什么？”

文子没有回答。

“好吧，请保重。”

菊治正要出去。

“谢谢您啦，不要管我母亲的事，请早点儿成个家吧。”

文子说。

“你说什么？”

菊治回首张望，文子没有抬头。

三

带回来的志野水罐，菊治依然插上白玫瑰和浅色康乃馨。

太田夫人死后，菊治仿佛才爱上了她，他一直被这种情绪缠绕。

而且，自己的这份爱，他还是靠着夫人的女儿文子的启示才实实在在感觉到的。

星期天，菊治试着打电话叫文子。

“家里还是一个人吗？”

“嗯。渐渐觉得好寂寞啊。”

“一个人，这怎么行？”

“是呀。”

“家里静悄悄的，电话里都能听得出。”

文子微微发笑了。

“找个朋友陪陪你，不好吗？”

“不过，来了人，就觉得母亲的事会被人知道似的……”

菊治无言以对。

“一个人也不好外出吧？”

“不碍的，可以锁上门嘛。”

“那就请来一趟吧。”

“谢谢啦，改天去。”

“身体怎么样？”

“瘦多啦。”

“睡得好吗？”

“几乎整夜睡不着觉。”

“这不行。”

“最近想把这里拾掇一下，也许会搬到朋友家里住。”

“最近？什么时候？”

“这里能卖掉的话。”

“卖房子？”

“是的。”

“你真的打算卖吗？”

“是呀，您不觉得卖掉好吗？”

“这个，是啊，我也正想卖房子呢。”

文子默然无语。

“喂喂，这事儿没法儿在电话里多说。这个星期天我在家，你能来一趟吗？”

“好的。”

“承蒙相送的志野水罐，我插上了西洋鲜花，等你来了，我再当水罐使用……”

“点茶？”

“不点茶，只是当作水罐用一次，否则太可惜了。再说，茶具也要和别的茶具协调一致才好，否则光彩不合适，就显现不出真正的美感。”

“可我这副模样儿比上回见面时更寒碜人，我不去啦。”

“没有别的客人。”

“可是……”

“那好。”

“再见。”

“请保重。有人来了，再见。”

来人是栗本千佳子。

菊治绷着脸，怀疑电话被她听到了。

“气候一直让人郁闷不堪，这回很久才盼来个好天气。”

她一边打招呼，一边及早盯着志野水罐。

“马上就到夏天了，茶会也没了，想来茶室里坐坐……”

千佳子把作为礼品的自家做的点心和扇子拿了出来。

“茶室里又有霉味儿啦。”

“可不是嘛。”

“是太田家的志野瓷吧？让我瞧瞧。”

千佳子若无其事地说着，朝着花挨过去。

她双手拄地，低着头，高耸着粗大的肩头，仿佛又在喷射毒焰。

“是买的吗？”

“不，是送的。”

“送的？这可是得了件宝贝呀，是作为遗物纪念品的吧？”

千佳子抬起脸来，转过身子：

“这种东西，还是买下来为好，由小姐送给您，总是有些不妙。”

“好了，让我想想。”

“请一定要买，太田家的茶具有好多都留在这儿了，不过都是老爷花钱买下的。夫人受到照顾之后也一样……”

“这些事儿，我不想从你口里听到。”

“得了，得了。”

说罢，千佳子翩然离去。

菊治听到她在对面和女佣说话。她系着围裙出来了。

“太田夫人是自杀的吧？”

千佳子突然冒出一句。

“不是。”

“真的不是？我有这种感觉，那位夫人身上总是飘荡着一股妖气。”

千佳子看着菊治。

“老爷也说过，那位夫人是个难以捉摸的女子。凭着女人家的眼光，又不一样，她总是显得那般天真无邪，同我们这些人合不来，黏黏糊糊的……”

“不要再往死者身上吐唾沫。”

“话虽如此，可她死了，还不是给菊治少爷您的婚事添麻烦吗？老爷为了这个夫人也是吃尽了苦头。”

菊治想，苦了的还不是你千佳子吗？

对于千佳子这个女人，父亲只是逢场作戏罢了，并不是因为有了太田夫人，千佳子就怎么怎么样了。然而太田夫人守着父亲直到他去世，千佳子一直对她恨之入骨。

“像菊治少爷这样的年轻人，是无法理解那位夫人的，她死了反而好，真的。”

菊治转向一边。

“她妨碍了菊治少爷的婚事，这怎么得了啊？她一定是因为自己作恶多端，魔性大发，无法控制才死的。她这种女人，还指望着死后能见到老爷呢。”

菊治打了个寒噤。

千佳子走到院子里。

“我也到茶室里静静心。”

她说。

菊治一直坐着，瞧着鲜花。

银白、粉红的花朵和志野瓷的颜色相互融合，一片朦胧。

菊治的脑海里浮现出独自在家里哭泣的文子的倩影。

母亲的口红

一

菊治刷过牙回到卧室时，女佣把牵牛花插进墙壁上的葫芦花瓶里。

“今天总该起床了。”

菊治说罢，又钻进被窝。

他仰面躺着，从枕头上扭过头，瞧着壁龛角落里的花。

“开出了一朵啦。”

女佣退到隔壁去了。

“今天还休息吗？”

“唔，再歇息一天，会起来的。”

菊治患了感冒，头疼，已经从公司请假四五天了。

“这牵牛花是哪里来的？”

“院子边，缠绕在蘘荷上，刚开了一朵儿。”

这是野生的吧，常见的纯净的蓝色花朵开在纤细的蔓子上，花和叶子都很小。

然而，这只古老的涂着红漆、有几分黝黑的葫芦，垂挂着绿叶和蓝花，显得十分清雅可喜。

女佣从父亲在世时就来到这个家里了，所以她很懂得这些。

葫芦上可以看见薄漆的花押[1]，古旧的盒子上还有宗旦[2]的名字。要是真品，那么这只葫芦就是三百年前的古董了。

菊治不知道茶道插花的规矩，女佣也不得要领，但是早晨饮茶，有牵牛花作点缀，感觉很相宜。

三百年前传下的葫芦里插着花开一朝的牵牛花，菊治想到这里，对着花瞧了老半天。

较之在三百年前的志野水罐里插上西洋花，还是这个更合时宜吧？

但是，这牵牛花能养活多长时间呢？他心里感到不安。

---

1. 花押：旧时文件末尾作者绘画式自笔署名。

2. 宗旦（1578—1658），千家第三世宗匠，千利休之孙。入大德寺作“喝食”（kasshiki，向诸僧报告饭菜品种的有发少年），既长，继承家业，观利休之末路，终生不仕。精通侘茶，主张“茶禅一味”。在宗旦子孙倡导下，茶道出现“表千家”“里千家”“武者小路千家”三个流派。

菊治对照料他吃早饭的女佣说：

“那牵牛花瞧着瞧着像是要凋谢了，看来也不是这样的。”

“是吗？”

菊治忽然想起，自己曾经打算在文子送的她母亲的遗物志野水罐里插一次牡丹花。

拿来水罐的时候，已经过了牡丹花的花期。不过，那时候，有的地方牡丹花还在开吧。

“家里原来有着这只葫芦，我倒是早忘了，亏得你给我找出来了。”

“嗯。”

“你见过父亲在葫芦里养牵牛花吗？”

“没有，牵牛花和葫芦都属于蔓生植物，我想试试看……”

“什么？蔓生……”

菊治笑了，他有些泄气。

读报读得头疼了，菊治躺在客厅里。

“床铺还是原样吧？”

女佣正在洗涮，听到菊治的话，揩揩手走过来。

“我这就去整理一下。”

其后，菊治走到卧室一看，壁龛里的牵牛花没有了。

葫芦花瓶也没有挂在壁龛里。

“唉。”

花瓣儿有些打蔫了，为了不让他看见才拿走的吧？

听女佣说牵牛花和葫芦都是“蔓生植物”，菊治笑了。看来，父亲的生活习惯依然保留在女佣的这些做法里。

但是，壁龛的正中央突出地摆放着志野水罐。

要是文子来这里看到了，她一定会认为这样做太草率了。

菊治从文子那里拿来这只水罐的时候，立即插上了白玫瑰和浅色的康乃馨。

在母亲的灵位前，文子也是这样做的。那白玫瑰和康乃馨是菊治在文子母亲“头七”时献上的。

菊治背着水罐回来的路上，又到前一天去过的那家花店买了同样的鲜花。

但是，在这之后，只要摸一下这只水罐，心就怦怦直跳，所以菊治不再插花了。

走在路上，每每看到中年妇女的背影，菊治一下子就被吸引住了，等一回过神来，就不由嘀咕道：

“简直是个罪人。”

神情随之黯淡下来。

于是他定睛一看，那人的背影已经不像太田夫人了。

看上去，只是腰肢丰腴，很像夫人。

菊治瞬间感受到一种战栗的渴望，但也在同一瞬间感受着甜蜜的迷醉和恐怖的震撼。他似乎从犯罪的瞬间醒悟过来了。

“是什么使我成为罪人的呢？”

菊治喃喃自语，似乎力图摆脱掉什么。然而，回答他的只是一种想和夫人相会的强烈欲望。

死者肌肤的触感时时鲜活地现于脑际，他想，只有从这样的境况里逃逸出来，才能使自己得救。

他认为，道德的苛责造成了官能的病态。

菊治把志野水罐收在盒子里，钻进被窝。

他向庭院望去，这时响起了雷声。

雷声虽然遥远，但很剧烈，而且每响一阵，就向这里接近一程。

闪电开始穿过院子里的树木。

接着，下起阵雨来了。雷鸣渐行渐远。

院子里泥土飞溅，雨势很强。

菊治起来，给文子打电话。

“太田小姐她搬家了……”

对方回答。

“什么？”

菊治不由一惊。

“对不起，那么……”

文子卖了房子，菊治想。

“搬到哪里了，知道吗？”

“哎，请等一等。”

对方好像是女佣。

她马上回到电话机旁，像是读着字条，告诉了菊治新的地址。

房东姓“户崎”，也有电话。

菊治把电话打到那户人家。

文子的声音很开朗：

“让您久等啦，我是文子。”

“文子小姐吗？我是三谷，我给你家里挂电话了。”

“对不起。”

文子放低了声音，听起来很像她的母亲。

“你什么时候搬过去的？”

“唉，是……”

“你没有告诉我呀。”

“最近把房子卖了，一直住在朋友家里。”

“嗯。”

“该不该告诉您呢？我一直犯犹豫呢。当初没打算告诉您，也觉得不好告诉您，于是就没告诉。近来又后悔不该瞒着您。”

“那可不是嘛。”

“哎呀，您也这么想吗？”

菊治说着说着，仿佛经过一番洗涤，浑身清爽。打电话竟然也有这样的感觉？

“送我的志野水罐，每当看到，我就想见你啊。”

“是吗？我家里还有一件志野瓷，是小型的筒形茶碗。本来打算和水罐一并送您的，可是母亲用来喝过茶，茶碗边缘还印着母亲的口红呢……”

“啊？”

“母亲这么说的。”

“你是说瓷器上印着夫人的口红，对吗？”

“不是说没有擦过，那件志野瓷本来就是薄胎红，口红一沾上茶碗口，怎么也擦不净。这是母亲说的。母亲去世后，我再一看那茶碗口，有一处透着朦胧的红晕。”

文子是无心地诉说这一切的吗？

菊治似乎听不下去了。

“这里下了猛烈的阵雨，你那里呢？”

“这里是倾盆大雨，雷声很大，吓得我缩成一团儿啦。”

“下雨后会感到清凉一些。我休息四五天了，今日在家，方便的话，请来玩玩吧。”

“谢谢了，我要去拜访，也得找到工作之后。我很想工作啊。”

没等菊治回答，文子抢先说：

“接到您的电话，我很高兴。我去拜访您，虽然不该再见您，但是……”

菊治等到阵雨过后，叫女佣收起了床铺。

给文子打电话，结果竟会把她招了来，就连菊治自己也感到惊讶。

菊治更是没有料到，当他听到那位姑娘的声音时，他和太田夫人之间罪孽的阴影反而消弭了。

是那姑娘的声音，使他感到她的母亲依然活着吗？

菊治要刮刮胡子，他把肥皂刷子在庭园的树叶上扫了扫，让雨滴将其濡湿。

过午，菊治心里只是想着文子要来，谁知走出大门一看，竟是栗本千佳子。

“哦，是你？”

“天热了，好久没见了，特地过来看看。”

“我有点儿不舒服。”

“那可不行，您脸色很不好呀。”

千佳子皱起眉头，瞧着菊治。

文子可能穿西服来，听到木屐的响声，自己怎么会误以为是文子呢？真奇怪。菊治一边思索，一边问道：

“修整牙齿了吧？年轻多了。”

“梅雨时节，趁着闲空儿……太白了些。反正很快就会脏的，不碍事。”

千佳子走过菊治躺着的客厅，瞅了瞅壁龛。

“什么也没有，这回可利索啦。”

菊治说。

“嗯，是梅雨季节了，不过，还可以摆点儿花什么的……”

千佳子回过头来。

“太田家的志野瓷哪儿去啦？”

菊治沉默不语。

“我看，还是还给她的好。”

“那是我的自由。”

“不能这么说呀。”

“这至少不是你该管的事。”

“那也不见得。”

千佳子露出雪白的假牙笑了：

“今天我来又要惹您头疼啦。”

她说着，猛地伸出两手，摊开来：

“这个家，假若您不让我把妖气赶走，那就会……”

“你不要唬人。”

“我是媒人，今天要提出几个条件。”

“要是稻村小姐的事，劳你费心，我拒绝。”

“哟，哟，不要因为讨厌我这个媒人，把自己的美满姻缘耽搁啦，那样不是太小家子气了吗？媒人嘛，只是搭个桥，您只要等着上桥就行啦。当年老爷就是这样使唤我的，他倒挺轻松的。”

菊治满脸不高兴。

千佳子有个怪癖，一旦有了谈兴，就高高耸着两肩。

“说起来也很自然，我呀，和太田夫人不同，我很轻贱。这些事应该毫不隐瞒地告诉您的。遗憾的是，在老爷玩过的女人里，我是够不上数的。他看不上我……”

说罢，她低下了头。

“可是我一点儿也不怨恨他。此后，只要我对他有用时，他就一直随意使唤我……男人嘛，对于自己相好的女人，可以随便使唤。我托老爷的福，对于世俗人情十分熟悉。”

“嗯。”

“所以，我的这个特长，少爷您也可以利用啊。”

菊治认为她说得很在理，不由就上钩了。

千佳子从和服腰带里抽出扇子。

“一个人太男子气，或者太女人气，就无法真正了解这个社会。”

“是吗？那么说，所谓了解，就只有不男不女的中性人才可以做到喽？”

“干吗讥刺人呀？要是真的成为中性人，反倒能一眼看破男人或女人的心理。太田夫人和独生女儿长相厮守，亏得她撇下闺女寻死了。依我看，她是另有企图。她是想，自己死后，您这位菊治少爷不就可以照料她的女儿了吗……”

“说到哪儿去了？”

“我苦苦思索了很久，终于解开了这个疑团。我的意思是说，太田夫人不惜拿死来毁掉菊治少爷的这门亲事。她不是一般的寻死，而是别有用心。”

“你这是胡思乱想。”

菊治嘴里说着，心却被千佳子的这种“胡思乱想”搅扰得不得安宁。

犹如电光一闪。

“菊治少爷，稻村小姐的事，您也对太田夫人说了？”

菊治想起来了，可又佯装不知。

“给太田夫人打电话，说我的事已经定下了的人，不正是你吗？”

“不错，我是告诉过她，我叫她不要捣乱。太田夫人当晚就死啦。”

一阵沉默。

“可是，我打电话，菊治少爷怎么会知道呢？当时，她向您哭诉来啦？”

菊治一下子被问到了。

“是的吧？她在电话里还‘啊’地大叫了一声呢。”

“这么说，等于是你把她害死的！”

“菊治少爷这么想就可以解脱了，是吧？我习惯了充当恶人。老爷可以根据需要，随时叫我扮演一个冷酷无情的坏女人。我今天干脆也做一次恶人吧，虽然不是为了报恩。”

千佳子的嫉妒和憎恶是根深蒂固的，菊治听她似乎又在吐露心扉。

“这些内幕，还是装作不知道吧……”

千佳子似乎盯着自己的鼻子尖儿。

“菊治少爷就把我当成一个可厌的女人，朝我皱眉头好啦……总之，我一定要赶走这个妖女，使您缔结良缘。”

“什么良缘不良缘的，就此打住吧。”

“是了，是了。我也不想再谈太田夫人的事了。”

接着，千佳子和缓地说：

“太田夫人也并不坏……自己死了，不声不响地在为女儿和菊治少爷祈祷……”

“又胡说八道了。”

“难道不是吗？您以为她活着的时候，从来没打算把女儿许给菊治少爷您吗？那您也太麻木啦。她这个人，不管睡着了还是睁着眼睛，一心一意只想着老爷，像妖魔一样死缠不放，痴情倒也算痴情。稀里糊涂，把女儿也拖下水，最后还搭上了一条命……可旁人看来，就像可怖的鬼神在作祟或诅咒，她是布了一张魔性之网啊。”

菊治和千佳子对望了一下。

千佳子向上翻了翻那小巧的眼睛。

因为躲不开她的目光，菊治只好转向一侧。

千佳子的那张嘴，菊治也不得不让她三分。因为自己一开始就有弱点，对于千佳子的奇谈怪论，他也感到有些惧怕。

死去的太田夫人果真希望女儿文子和他结成一对吗？菊治根本没想过。他不相信这一点。

这是千佳子出于嫉妒，又在信口胡说吧？

千佳子的胡乱猜度就像她胸口的黑痣一样丑恶。

然而，这种奇谈怪论，对于菊治就像一道闪电。

菊治感到惧怕。

难道自己不也希望这样吗？

母亲去世，随之移情于女儿，世界上不是没有这种事儿。但是，一边陶醉于母亲的拥抱，一边倾心于女儿的柔情，而自己又浑然不觉，这不是中了邪魔，又是什么呢？

菊治现在想想，打从见到太田夫人后，自己的性格也变了。

菊治有点儿恍惚了。

“太田家的小姐来啦，她说要是有客，她改天再来……”

女佣进来通告。

“哦，她回去了？”

菊治走出大门。

二

“刚才太冒失啦……”

文子伸着白皙而细长的脖颈仰望着菊治。

从喉头到胸脯，那里的凹窝里蒙上一层淡黄色的阴影。

不知是因为光线还是因为憔悴，那淡黄的阴影使得菊治感到几分安然。

“栗本来了。”

菊治淡然地说。他出来时有些拘谨，一见到文子，反而轻松了许多。

文子表示会意：

“看到师傅的伞啦……”

“哦，这把蝙蝠伞吗？”

一把长柄、鼠灰色的蝙蝠伞靠在大门边。

“这样吧，先到旁边的茶室里等等，好吗？栗本婆子就要回去了。”

菊治说着甚至怀疑自己，明明知道文子来了，干吗还不把千佳子赶走呢？

“我呀，没关系的……”

“是吗？请吧。”

文子似乎对千佳子的敌意毫无觉察，她到客厅里去问候千佳子。

她感谢千佳子对她母亲的悼念。

千佳子仿佛是师傅见到徒弟，稍稍耸着左肩，反转着身子。

“你母亲是个好心眼儿的人，这个世界好人活不下去，就像最后一朵鲜花坠地呀。”

“她并没有那么好。”

“其后小姐一人，想必夫人也会有所牵挂吧？”

文子低下眉来。

她那稍稍翘起的下嘴唇紧闭着。

“一个人孤单单的，还是学点儿茶道吧？”

“哦，我早已……”

“可以消愁解闷儿嘛。”

“我的身份已经不适合学茶道了。”

“怎么这么说。”

千佳子将扶住膝头的双手左右一摊：

“说实在的，今儿我到这座宅子来，是想到梅雨过去了，这里的茶室需要打开来通通风。”

她说着，朝菊治睃了一眼。

“文子小姐也来了，看怎么办呢？”

“什么？”

“想借你母亲的遗物志野水罐用一下……”

文子抬眼看了看千佳子。

“聊一聊你母亲的往事吧。”

“不过，要是在茶室里哭起来，多难为情呀。”

“哦，那就哭吧，想哭就哭。眼看菊治少爷的夫人就要进门了，我也不能随便到茶室里来了。这可是个令人怀想的茶室啊……”

千佳子笑笑，又说：

“和稻村家雪子小姐的亲事定下的话……”

文子点点头，脸上没有任何表情。

可是，她那酷似母亲的桃圆脸显得很憔悴。

菊治说：

“说这些没影儿的事，不是成心使人难堪吗？”

“我的意思是说等定下来之后。”

千佳子一句顶了回去。

“好事多磨嘛，在事情未定下来之前，文子小姐就权当没听说。”

“嗯。”

文子再次点点头。

千佳子招呼女佣把茶室扫一扫，走开了。

“这里的背阴处，树叶还是湿的，请注意。”

院子里传来了千佳子的声音。

三

“早晨的电话里，也能听到这儿的雨声吧？”

菊治说。

“电话里也能听到雨声吗？我倒没注意。我家庭院里的雨声，电话里也能听到吗？”

文子向院里望去。

一带绿树的对面，可以听到千佳子打扫茶室的声音。

菊治望着院子说：

“我跟文子小姐打电话，也没注意你那里有没有雨声，后来我才感到，那是一场很大的雨啊。”

“呀，打雷很可怕呢……”

“是啊是啊，您在电话里也说了。”

“就连这些小事，我也很像母亲。雷一响，母亲就会用衣袖裹住我的小脑袋。夏天出门，母亲总要抬头看看天空，嘴里不住嘀咕‘今天会不会打雷呢？’。现在，有时我一听到打雷，就用衣袖遮住脸膛儿。”

文子从肩膀到前胸隐隐显得有些忸怩：

“那只志野茶碗我带来啦。”

说着，她走了出去。

文子回到客厅，将裹着茶碗的小包递到菊治面前。

菊治犹豫了一会儿，文子又把茶碗拉过去，从盒子里掏出来。

“这乐烧筒形茶碗，也是夫人当作茶杯使用的吧？是了入制的吗？”

菊治问。

“是的，黑乐和赤乐盛粗茶和煎茶不相宜，所以母亲爱用这只志野茶碗。”

“是啊，黑乐盛进煎茶，茶的颜色看不出来……”

看到菊治无意将放在那里的志野茶碗拿在手里观赏，文子说道：

“虽说不是什么好的志野瓷，不过……”

“不。”

然而，菊治还是不愿伸手。

正像文子早晨在电话里说的，这只志野茶碗的白色釉子上隐隐现出微红，瞧着瞧着，那白色下面的红色越来越鲜艳了。

而且，碗口稍稍现出薄茶色，有一处的薄茶色显得很浓。

那里是嘴唇接触的地方吗？

看来是沾上的茶锈，也许是嘴唇弄脏的。

这种薄茶色再仔细一瞧，依然泛着微红。

正如今早文子在电话里说的，这是她母亲残留的口红痕迹吗？

这样看来，瓷的开片[1]里也混合着茶色和红色。

口红已经褪了色，宛如枯萎的红玫瑰，又像陈旧的血色。菊治心里甚觉奇怪。

他同时感到了令人作呕的不洁和令人痴迷的诱惑。

---

1. 开片：日语原文为“贯入”（kannyū），釉的裂纹。烧制过程中混有裂隙的釉面，观之赛花纹。宋代官窑青瓷，以裂纹为特色。其后，“官窑”二字渐次代之以“贯入”或“贯乳”二字。是鉴定古瓷器的重要标识。

茶碗整体是青黑色，绘着大叶子的花草，有的叶心出现了暗红色。

这种花草画看起来单纯而健壮，仿佛唤醒了菊治病态的官能。

茶碗的款式凛然可观。

“真好。”

菊治说着，拿在手里。

“我对瓷器不太懂，可是母亲很喜欢用来喝茶。”

“这是一只适合女人用的茶碗。”

菊治从自己的话语里十分鲜活地感受到了文子母亲这个女人。

尽管如此，文子为什么把渗入母亲口红的志野茶碗拿来给自己看呢？

菊治弄不明白，这是因为文子太天真，还是太缺乏心计了呢？

只是，文子那种顺从一切的态度似乎也传给了菊治。

菊治将茶碗放在膝头一边旋转，一边瞧着，他尽量避免指头碰到碗口。

“还是收起来吧，假如给栗本婆子看到，又要惹麻烦了。”

“嗯。”

文子将茶碗收到盒子里包了起来。

文子本想拿来送给菊治的，但她似乎不好意思开口。或许她觉得菊治并不喜欢。

文子站起来将小包放到门口。

千佳子从庭院里弓着身子走进来。

“请把太田家的水罐拿来吧。”

“就用我家里的东西吧，太田小姐正在这里呢……”

“说什么呀？就是因为文子小姐在这儿才要用嘛。我不是说了吗？通过这件志野瓷遗物，可以聊一聊太田夫人的往事。”

“你不是很恨太田夫人吗？”

菊治问道。

“我怎么会恨她呢？我只是和她性格不合罢了，我不会去恨一个死者。不过就是因为不投缘，我不理解那位夫人，但另一方面，有时反而能将她一眼看穿。”

“看穿，看穿，这就是你的癖好……”

“也可以不被我看穿嘛。”

文子来到廊下，接着坐到客厅门口。

千佳子耸着左肩，回头看了看。

“我说，文子小姐，让我用一下你母亲的那件志野瓷吧。”

“好呀，请吧。”

文子回答。菊治把之前放进抽斗里的志野水罐拿了出来。

千佳子将扇子插进腰带，抱起水罐盒子，进了茶室。

菊治走到客厅门口。

“今早电话里听说你搬家了，吃了一惊，家里的事情，都是你一个人操办的？”

“嗯。是一位熟人买下来的，还算简单。那位相识临时住在大矶，房子很小，说要和我换一换。不过，再小的房子我也不能一个人住进去。而且，要是上班，还是租房子住便当些，所以就暂时住在朋友家里了。”

“工作定了没有？”

“没有，真的要做事，我也没有什么特长……”

说着，文子笑了。

“我本来打算等有了工作再来拜访的，既没有房子，又没有工作，孤身漂泊，谁见了都会感到可怜的。”

菊治想说，这样的时候来最好。他本来以为文子无依无靠，但看样子她并不寂寞。

“我也想卖房子，但一直犹豫不决。不过，我是一心想卖掉，排水管坏了也没修理，榻榻米也都成了这个样子，席子也没能换一换。”

“您不久就要在这座宅子里成亲吧？到时候……”

文子说得很爽快。

菊治看看文子。

“是听栗本说的吧？你想想我现在能结婚吗？”

“是因为我母亲吗？既然她使您如此痛苦，就不要再去想了，母亲的事已经成为过去……”

四

千佳子对于茶道很熟悉，所以早已把茶室收拾停当了。

“您看看和水罐配得起来吗？”

经千佳子这么一问，菊治一时回答不上来。

菊治没有搭腔，文子也不作声。菊治和文子一起看着水罐。

本来是供在太田夫人灵前插花用的，如今又还原为水罐了。

先前是太田夫人的手中之物，现在又听任千佳子调用了。太田夫人死后，水罐被传给女儿文子，文子又送给了菊治。

这只水罐的命运也算奇特，大凡茶具都是如此吧？

那么在太田夫人之前，这只水罐出现后的三四百年之间，又是为何种命运的人所有、怎样传承下来的呢？

“放到风炉和茶釜旁一对比，志野水罐就像一位美人儿呢。”

菊治对文子说：

“但是那强健的姿影绝不亚于钢铁啊。”

志野水罐雪白的肌体内透着几分鲜润，光彩照人。

菊治在电话里对文子说，看着这只志野水罐，他就想和她见面，也许她母亲的雪肌里含蕴着女人深邃的毅力吧。

天气暑热，菊治敞开了茶室的格子门。

透过文子背后的窗户，可以看到青青的枫树，浓密的叶荫映在文子的头发上。

文子细长的颈项上半部搪着窗户的亮光，那件短袖衫似乎初次上身。她的臂膀有点儿青白，双肩圆润而不显臃肿，两只腕子也很圆活。

千佳子也在望着水罐。

“看来水罐只能用在茶道上，否则就失去了生命。插上几枝西洋花，真是委屈了它啦。”

“我母亲也用来插过花呢。”

文子说。

“你母亲留下的水罐到了这儿，就像做梦一样。不过，她想必很高兴吧？”

千佳子口气里含着讥刺。

然而，文子却满不在乎，她说：

“母亲也常用水罐插花来着，再说，我也不想学茶道啦。”

“不要这么说嘛。”

千佳子环顾着茶室，说道：

“我一坐到这儿，就觉得心平气定，可以同各方人士充分交流。

说罢，她望望菊治：

“明年是老爷逝世五周年，到忌日那天，要举行茶会。”

“是啊，把所有的赝品全摆出来，呼朋唤友，一定很愉快。”

“说些什么呀！老爷的茶具没有一样是假的。”

“是吗？不过，全都是假茶具，那也很有趣啊。”

菊治对文子说。

“这间茶室，我总感到有一种腐臭的霉味儿，要是举办一次全部使用假茶具的茶会，说不定能驱散这股毒气。借此追念父亲，和茶道绝缘。虽然我早已和茶道断绝了关系……”

“你是说，我这个老婆子一向贫嘴贱舌，来这里可以为茶室增添些活气对吧？”

千佳子胡乱地搅动着茶筅[1]。

“嗯，就算是吧。”

“可不许这么说呀。不过，您既然结了新缘，断了旧缘也好嘛。”

千佳子说了声“茶已煮好”，把茶端到菊治面前。

“文子小姐，听了菊治少爷这种玩笑话，你不觉得你母亲的这件遗物送得不是地方吗？我看着这件志野瓷，你母亲的面影似乎就映在上面。”

菊治饮完茶，放下茶碗，倏忽看了一下水罐。

那只漆黑的“涂盖”[2]上也许映着千佳子的影子吧。

但是，文子却浑然不晓。

菊治不明白，文子是一味顺着千佳子呢，还是故意无视千佳子呢？

文子脸上毫无厌恶之色，她一直在茶室里陪着千佳子，倒也有点儿奇怪。

千佳子谈起菊治的婚事，文子也不介意。

---

1. 茶筅：搅动茶汤使之泛起泡沫的竹刷。将竹段一端劈成丝篾，使其向内蜷曲作猫爪状，形似一只灯泡。

2. 涂盖：不是与水罐一起烧制的盖子。一起烧制的称为“共盖”。

从很早以前起，千佳子就一直对文子母女心怀忌恨，她的每一句话都是在侮辱文子，可是文子一点儿也不表示反感。

抑或文子仅仅将这一切当作秋风过耳，独自沉浸在深深的悲哀之中吧。

丧母的打击也许超越了这些。

再就是她继承了母亲的性格，对自己、对别人都顺乎自然，是个奇妙的清洁无垢的姑娘吧。

然而，尽管千佳子如此忌恨和侮辱文子，却不见菊治极力救助文子。

当菊治觉察这一点后，他想自己才是个奇怪的人。

最后，菊治看到千佳子点好茶自劝自饮的样子，也觉得颇为奇怪。

千佳子从腰带里掏出手表：

“这样的小手表，眼睛老花了，不合适……请把老爷的那只怀表送给我吧。”

“没有怀表啊。”

菊治一语顶回。

“有。老爷常带在身上呢。去文子小姐家的时候，不是也带着的吗？”

千佳子故意现出惊讶的神色。

文子低着眉。

“现在是两点十分吧。两根针重合在一起，看上去很模糊啊。”

千佳子又摆起了一副爱干活儿的架势。

“稻村家小姐召集了一伙人，今天下午三点学习茶道。去稻村家之前先路过这里，是想讨菊治少爷的回话，以便做到心中有数。”

“那就请明确回绝稻村小姐吧。”

“是的，是的，明确回绝。”

菊治说罢，千佳子笑着含混了过去。

“巴不得叫这伙人早一天到这间茶室里学习茶道呢。”

“那就叫稻村小姐把这座房子买下来吧，反正最近要卖掉的。”

“文子小姐，你也一起去吧。”

千佳子不理睬菊治，转向文子。

“好的。”

“我得快点儿去收拾一下。”

“我帮您。”

“是吗？”

可是，千佳子没有等文子，立即到水屋去了。

传来哗哗的水声。

“文子小姐，我看算了，不要跟她一道去。”

菊治小声说。

文子摇摇头。

“我害怕。”

“不用怕。”

“我就是很怕呀。”

“那就跟她走一段，再甩掉她吧。”

文子还是摇摇头。她站起来，拉平膝窝处衣服的皱褶。

菊治正要从下头伸出手去。

他以为文子要趔趄一下，使得文子脸蛋儿飞红了。

听到千佳子提起怀表的事，文子的眼角染上了薄红，这回羞得满面绯红，犹如鲜花盛开。

文子抱着志野水罐进了水屋。

“哎呀，你到底还是把你母亲的东西拿来啦？”

里面传来了千佳子沙哑的嗓音。

两重星

一

栗本千佳子来到菊治家里说，文子和稻村家的小姐都结婚了。

夏季八点半，天色还很明亮，菊治吃过晚饭，躺在廊缘上，瞧着女佣买来的萤火虫笼子。青白的萤光不知不觉添上了黄色。天色黑了，但菊治还是没有起来开灯。

菊治向公司拿了四五天假，到野尻湖一位朋友的别墅去了，今天刚刚回家。

朋友已经结婚，有了孩子。菊治对于小孩所知甚少，生下来几天了，长得是小是大，他心里完全没数，不知说些什么好。

“这孩子很健壮啊。”

听他这么一说，女主人回答道：

“哪里呀，生下来时又瘦又小，不像样子，最近才长得好一些。”

菊治伸手在婴儿脸前摇了摇。

“没有眨眼嘛。”

“孩子能看见，眨眼还得再大些之后。”

菊治以为小孩生下来好几个月了，其实刚满百日。可不是，这位年轻的妻子头发稀薄，面皮微黄，产后孱弱的神色还留在脸上呢。

一切都以孩子为中心，精心照料好孩子，菊治感到，在这位朋友小两口的生活中，自己是多余的。登上回程的火车，菊治脑子里闪现着那位老老实实的妻子瘦小的身影，她脸色憔悴，没有一点儿血色，浑然不觉地抱着孩子。这个影像始终挥之不去。朋友平时和父母兄弟住在一起，生下头胎孩子不久，就搬到湖畔别墅里来了。妻子终于可以同丈夫单独住在一起，这种安逸的生活使她近乎情痴。

菊治回到家里，如今躺在廊缘上，他想起那位妻子的姿影，依然念念难忘，怀恋之中带有一种神圣的哀感。

正巧，这时千佳子来了。

千佳子毫无顾忌地进了屋子。

“哎呀，怎么躺在这个黑暗的地方？”

接着，她来到菊治脚边的走廊坐下。

“一个人怪可怜的，睡到这儿来，连个开灯的人都没有。”

菊治蜷起腿，稍稍过了一会儿，心情烦躁地坐起身子。

“请吧，躺着好啦。”

千佳子挥挥右手，示意菊治躺下后，郑重地打了招呼。她说自己去了一趟京都，回来时路过箱根。在京都的师傅家里，见到了大泉茶具商店的老板：

“很久没见了，这回可是充分地谈论了一番老爷的事。他说要带我看看三谷老爷玩乐的地方，我就跟他到了木屋町一家小小的旅馆。老爷和太田夫人也在那里住过。大泉对我说：‘不到那里住住吗？’真是说浑话。老爷和太田夫人都不在了，就算我胆子再大，半夜里也会有几分害怕的。”

千佳子说出这些事，那才真是浑话呢！菊治一边想，一边沉默不语。

“菊治少爷去了野尻湖了？”

千佳子的口气看来是明知故问。一进门就问女佣这些事，不等女佣传达来访的消息就闯进来，这是千佳子一贯的做派。

“我刚刚回来。”

菊治不耐烦地回答。

“我三四天前就回来啦。”

千佳子一本正经起来，接着就高高耸起了左肩。

“可是呀，回来一看，发生了一件令人遗憾的事，使我大吃一惊。我太大意了，真是没脸再来见菊治少爷啊。”

千佳子说，稻村小姐结婚了。

幸好菊治躺在黑暗的廊缘上，千佳子看不到他一脸惊讶。然而，他却若无其事地应道：

“是吗？什么时候？”

“您倒好沉静，像是在听别人的事。”

千佳子的话里含着讽刺。

“雪子小姐的事，我已经对你反复回绝过多次了。”

“光是口头上吧？还不是想对我故意争个面子吗？好像一开始就不太情愿，只因我这个婆子一个劲儿地张罗、撮合，使人生厌，是吗？可心里头，对那姑娘倒是挺中意。”

“说什么呀。”

菊治笑了起来。

“您还是很喜欢她的吧？”

“确实是个好姑娘。”

“我早就看穿您的心思啦。”

“好姑娘不一定就要和她结婚啊。”

然而，听到稻村小姐结婚，菊治心里一阵刺痛，脑子里如饥似渴地描画着那位姑娘的面影。

菊治只见过雪子小姐两次。

圆觉寺的茶会上，千佳子为了让菊治看看雪子，特意让雪子点茶。那是一次正统的高品味的点茶，绿树的叶荫映着障子门，雪子振袖和服的肩膀、袖口，还有头发，一片净明，在菊治心中留下了深刻的印象。但是，雪子的面庞他却想不起来了。当时，她使用的红茶巾，还有去寺院茶室的路上，手里拿的绘有白色千羽鹤的桃红绉绸小包裹，如今再一次鲜明地浮现在菊治眼前。

后来还有一次，雪子来菊治家那天，也是她点茶。甚至第二天，菊治还依稀觉得茶室留有雪子小姐的余香。小姐那副绘有旱菖蒲的和服腰带如今虽然历历在目，可是她的身影却很难捕捉。

就连三四年前去世的父母的身影，菊治现在也难以清晰描摹，看到照片才了然如晤。也许亲人或敬爱的人都很难描摹，而那些丑人、恶人，却都常常完好地留在记忆之中。

雪子的眼睛和面庞如闪电般留在菊治抽象的记忆里，然而，千佳子自乳房至心窝的那块黑痣，像癞蛤蟆一样留在他具体的记忆之中。

眼下，廊缘一片黑暗，菊治却知道，千佳子多半穿着那件小千谷绉绸[1]白色长袖衫。即便在亮处，她胸前的那块黑痣也无法透视得到，然而，菊治通过记忆却看得一清二楚。正因为黑得看不见，所以才看得更清楚。

“如果您认为是好姑娘，就不应该放过。因为像稻村雪子小姐这样的人，这个世界上只有一个呀。即便寻找一生，也再没有第二个啦。这个简单的道理，菊治少爷您怎么就弄不明白呢？”

接着，千佳子带着一副教训的口吻说：

“您经验很少，又过于自信。这么一来，菊治少爷和雪子小姐两个人的人生就改变了。小姐本来钟情于您，现在，她嫁了别人，要是生活不幸福，不能说您菊治少爷就没有责任。”

菊治没有回答。

“至于小姐，您也仔细打量过啦，那位小姐一定会后悔的，要是几年前就和菊治少爷结婚该多好。那时她一定思念着菊治少爷吧？难道您忍心让她落入这种地步吗？”

千佳子又在倾吐毒素。

---

1. 小千谷绉绸：日本新潟县小千谷市织造的绉绸布料。

雪子既然已经结婚，千佳子为何还要说这些多余的话呢？

“这是萤火虫笼子吧？现在还有吗？”

千佳子伸出脖子：

“不是快到秋虫笼养的季节了吗？居然还有萤火虫，真像幽灵一样啊。”

“是女佣买来的吧。”

“女佣这号人，就是这么个水平。菊治少爷要是学习茶道，就不会有这等事啦。日本处处都要讲究季节的呀。”

千佳子这么一说，确实也并非不能说萤火像幽灵。菊治想起野尻湖畔的虫鸣，它们无疑还是来自那些奇妙地活到今天的萤火虫。

“要是娶了太太，一定不会让您错过季节而尝到悲凉的迟暮之感的。”

于是，千佳子又急忙低声说道：

“我给您说合稻村家的小姐，也是为老爷尽力啊。”

“尽力？”

“是的。再说，菊治少爷只顾躺在暗处观赏萤火，您看，就连太田家的文子小姐不也结婚了吗？”

“什么时候？”

菊治大吃一惊，仿佛一下子差点儿被人绊倒。他甚至比听到雪子结婚还要惊慌失措。他也来不及掩饰内心的惊讶。菊治那种难以相信的心情，都被千佳子一一看在眼里了。

“我从京都回来一看，也一下子呆住啦。两个人约好了似的，一个个，婚事都办完了。年轻人真是欠考虑呀。”

千佳子说。

“文子小姐一出嫁，我想菊治少爷的事就不会有什么阻碍了吧。谁知，那时候，稻村小姐的婚事早就办过啦。稻村家那边，连我也丢尽了脸面，这都全怪菊治少爷太优柔寡断啦。”

然而，菊治仍然不相信文子已经结婚。

“太田夫人死后，依然还在给菊治少爷制造麻烦吗？不过，文子小姐一结婚，夫人的妖气就会从这个家里退走了吧。”

千佳子转脸望着庭院。

“这回倒也清净多了，修剪一下庭院的树木吧。暗乎乎的，树木一个劲儿疯长，密密层层，闷死人啦。”

父亲去世四年了，菊治一直没请花匠来过，庭院里绿叶葱茏，枝条纵横。白天，暑气蒸逼，燠热难当。

“女佣也不浇水吧？这种事儿，可以使唤她去做嘛。”

“你不用管闲事。”

千佳子的每一句话都使菊治大皱眉头，然而，他只能任她继续唠叨下去。大凡见到千佳子，都是这个样子。

千佳子的话虽然不大中听，但她也是在拐弯抹角讨菊治的欢心，想了解菊治的想法。菊治也习惯了她的一呼一吸。他有时公开反驳，有时暗暗警戒。千佳子心如明镜，但她大多佯装不知，只偶尔流露一下，表示她心中有数。

而且，千佳子很少触及菊治意想不到、惹他生气的话题；她总是故意拨撩菊治，专挑那些明知会使他自我嫌恶的事情说给他听。

今晚，千佳子告诉他雪子和文子结婚的事，看来也是想试探一下菊治的反应。她想干什么呢？菊治对此不敢大意。千佳子将雪子介绍给菊治，本来是想使菊治疏远文子。眼下，两个姑娘都出嫁了，此后菊治作何打算，这与千佳子毫不相干，但她还是穷追不舍，一心想探索一下菊治心中的暗影。

菊治本想站起身来，打开客厅和廊缘上的电灯。说起来，这样在黑暗里同千佳子说话，实在有点儿滑稽，他和她还没到这般亲密的程度。她提到修整院子里的树木，菊治只当是千佳子多管闲事，根本不放在心上。不过，单单为了开灯而爬起来，菊治总觉得提不起劲儿来。

千佳子一进门就提开灯的事儿，但她并没有主动走过去。大凡这些细枝末节，千佳子往往显得很勤快，这也是她的职业习惯。可是现在，她却懒得为菊治出力。也许因为她上了几分年纪，再就是作为一位茶道师傅，多少也得摆点儿架子。

“京都的大泉商店托我带口信来，说要是这里变卖茶具，可以请他们代为办理。”

千佳子的语调很平缓。

“稻村小姐给逃掉了，这回菊治少爷总该打起精神，迎接新的生活了。那么这些茶具恐怕都派不上用场啦。自打老爷那辈起，我就无事可做了，怪寂寞的。不过，这间茶室只有我来的时候才打开窗户，通通风的呀。”

哦嗬，原来如此！菊治明白了。

千佳子的目的很露骨。菊治一旦和雪子结不成婚，对她来说，也就没有什么用了。到头来，她企图勾结茶具店老板，将茶器一并攫走。她大概是和京都的大泉商店商量好了来的。

菊治与其说是生气，不如说是轻松了许多。

“既然连房子都想卖掉，到时候总会请人帮忙的。”

“还是交给老爷那一辈的熟人经办才放心啊。”

千佳子又添了句话。

菊治思忖，家中的茶器千佳子比自己知道得还清楚，也许她早已在心中打点好了。

菊治望了望茶室。茶室前面有一棵大夹竹桃，开满了白色的花朵，看过去茫茫一片。天空和院里的树木，界线模糊。暗夜沉沉。

二

下班时分，菊治刚要走出公司的办公室，又被电话叫了回去。

“我是文子。”

对方小声地说。

“哎，我是三谷……”

“我是文子。”

“唉，我知道。”

“突然打电话来，实在对不起了。可是，这件事不打电话道个歉就来不及啦。”

“哦？”

“其实啊，我昨天发了封信给您，可是忘记贴邮票啦。”

“哦，我还没有收到呢……”

“我在邮局买了十张邮票，信发出去了，回来一看，还是十张，真是太糊涂啦。我想无论如何，得赶在信到之前，向您道歉才对呀……”

“这种小事，不必放在心上……”

菊治一边回答，一边想到这大概是报告结婚的信吧。

“是报喜的信吗？”

“啊？……过去一直是打电话的，这次头一回写信，心想，发不发呢？犹豫了半天，竟然忘记贴邮票啦。”

“你现在在哪里？”

“这是公用电话，东京站的……外面还有人在排队等着呢。”

“是公用电话呀？”

菊治有些摸不着头脑，但还是说了句：

“恭喜啦。”

“什么？……托您的福，好不容易……可是，您怎么知道的？”

“是栗本呀，她特来告诉我的。”

“栗本师傅？……她怎么会知道的？真是个可怕的人啊。”

“反正你再也不会见到她了。上回，我在电话里听到了阵雨的响声。”

“您曾经说起过。那阵子，我搬到朋友家住，一时犯了犹豫，不知要不要通知您一声。这回也是一样。”

“这事儿还是告诉我一声为好。从栗本那儿听闻后，我也正在犹豫该不该向你贺喜呢。”

“要是天各一方，那也真是可叹啊。”

她那渐次消隐的声音很像她母亲。

菊治一时说不出话来。

“也许要各奔前程了，不过……”

隔了一会儿，她又说：

“这是一间很脏的六铺席房间，是和工作一同找到的。”

“啊？……”

“顶着大热天上班，真够呛啊。”

“可不是嘛。再说，刚一结婚就……”

“什么？结婚？……您说的是结婚吗？”

“祝贺你呀。”

“什么？我？……真讨厌。”

“你不是结婚了吗？”

“啊？我？……”

“你没有结婚吗？”

“没有呀。我现在哪里有心思结婚啊……您知道的，我母亲刚刚去世……”

“哦。”

“栗本师傅就是这么说的吗？”

“是的。”

“为什么？我真弄不懂。三谷少爷听了，难道就信以为真吗？”

文子仿佛在对自己说话。

菊治急忙果断地说：

“电话里不好说，见面再说，好吗？”

“好的。”

“我去东京站，请在那里等我。”

“可是……”

“或者约个地方也行啊。”

“我不愿意在外面和人约会，我到府上去看您吧。”

“那我们一起回家吧。”

“一起回去，那还是在外面约好。”

“能到我公司来一下吗？”

“不，我一个人单独去府上。”

“是吗？那我直接回家。文子小姐要是先到，就请进屋里坐吧。”

文子假若从东京站上车，就要比菊治早些到达。可是菊治总觉得会和文子乘同一趟车，他在车站上人多的地方寻找文子。

结果还是文子先到他家。

听女佣说文子在院子里，菊治便从大门旁边进入庭院。文子坐在白色夹竹桃树荫下的石头上。

千佳子来后四五天，女佣在菊治回家之前浇了一次水。院子里的那个旧水龙头也可以用了。

文子坐的石头，下面看起来湿漉漉的。要是夹竹桃茂密的绿叶之中盛开着红花，那就像炎天里的花朵，可是这棵夹竹桃却开放着白花，使人感到了浓浓的凉意。花丛轻轻摇动，簇拥着文子的身影。文子穿着白色的棉服，翻领和口袋都用深蓝色的布镶上一道细边儿。

夕阳掠过文子身后的夹竹桃，照到菊治的面前。

“欢迎。”

菊治说着，亲切地走了过去。

文子本想在菊治开口前先说点儿什么。

“刚才在电话里……”

接着，她缩着肩膀，转身站了起来。她想，要是自己坐着不动，菊治说不定会走过来拉她的手呢。

“因为电话里说起那件事，我就来啦，跟您说说清楚……”

“是结婚的事吗？我大吃一惊呢。”

“吃惊的是……”

文子低下眉来。

“说起来，总之，我听到文子小姐结婚和听到你说没有结婚，两次都大吃一惊。”

“两次？”

“可不是嘛。”

菊治沿着脚踏石走过去。

“从这儿上来吧。进屋里等着我多好啊。”

说罢，他坐在廊缘上。

“前些日子，我旅行回来，正躺在这儿休息，栗本来了，是晚上。”

女佣在屋里招呼菊治。他离开公司时，打电话吩咐女佣准备的晚饭也许做好了。菊治站起身来走去，顺便换了一件白色高级麻纱布夏衫出来了。

文子似乎重新补了妆，等着菊治坐下来。

“栗本师傅她说些什么呢？”

“她只告诉我文子小姐结婚了……”

“她的话，三谷少爷真的相信了吗？”

“我根本没想到她会骗我……”

“一点儿也不怀疑吗？”

文子乌亮的眸子立即湿润了。

“我现在能结婚吗？三谷少爷，您难道以为我会这样做吗？母亲和我吃尽了苦头，悲痛还没有消除……”

这话在菊治听来，好像她母亲还活着。

“母亲和我都信任他人，也相信人家会理解自己。看来，这只能是梦想。自己心中的镜子，只能用来照射自己……”

文子泣不成声。

菊治好一阵子默默无言。

“‘你想想我现在能结婚吗？’上回我对你说过这句话，就是下大雨那天……”

“打雷的那天？”

“是的。今天倒转过来由你说出来了。”

“不是，那……”

“你不老是说我要结婚的吗？”

“哪里呀，三谷少爷和我完全不同啊。”

文子泪眼盈盈地望着菊治。

“您和我不一样。”

“哪点不同呢？”

“身份也不同……”

“身份？……”

“是的，身份不同。不过，要是说身份不合适，那就说是身上的暗影吧。”

“就是罪孽的深重？……那是我呀。”

“不。”

文子使劲儿摇摇头，泪水溢出了眼眶。但只是一滴，泪水离开左眼角后，竟然顺着耳根掉落下来了。

“要说罪孽，全由我母亲一道背着进入坟墓啦。但我不认为是罪，那只是母亲的一份悲哀。”

菊治低下头来。

“要是罪孽，也许就永远不会消除，而悲哀终将成为过去。”

“文子小姐说是身上的暗影，那么，不是把你母亲的死也看成暗影了吗？”

“还是说‘深沉的悲哀’比较合适。”

“深沉的悲哀……”

菊治本想说“这也就是深沉的爱”，但又立即打住了。

“比起这个，三谷少爷不是要和雪子小姐结亲吗？这和我可不一样啊。”

文子又把话题转回现实。

“栗本师傅一直认定我母亲会给这门婚事添乱，说我结婚，也是把我当成了绊脚石。只能这么解释。”

“不过，她说那位稻村小姐也结婚了呀。”

文子立即放松下来，带着一副有气无力的表情。

“撒谎……胡说。这肯定是撒谎。”

说罢，她又使劲儿摇摇头。

“什么时候的事？”

“是稻村小姐的婚事吗？大概是最近吧。”

“肯定是撒谎。”

“她说雪子小姐和文子小姐两个人都结婚啦，这反而使我认为，你结婚也就是真的啦。”

接着，菊治低声说：

“其实，我倒认为，雪子小姐或许是真的结婚啦……”

“瞎说，大热天的，谁会这时候结婚呀。只能穿单衣，还直淌汗呢。”

“这样啊，一般都不在夏天举行婚礼吗？”

“基本是的……虽说不是绝对没有……婚礼一般会挪到秋天举行……”

文子不知为何，莹润的眼睛里再次涌出泪水，簌簌滴落在膝头。她自己瞧着泪水渗进衣服。

“可是，栗本师傅为何要撒谎骗人呢？”

“我也被她诓住了。”

菊治说。

然而，这事为什么会使得文子掉泪呢？

至少，文子结婚是谎言，这一点可以肯定。

说不定雪子真的结婚了，现在千佳子为了使菊治疏远文子，就说文子也结婚了。菊治有这样的怀疑。

可是，他总觉得不大可靠。菊治开始认为，千佳子说雪子结婚，同样是撒谎骗人。

“总之，在弄清雪子小姐是否真的结婚之前，还不能肯定栗本是恶作剧。”

“恶作剧？”

“啊，权当是恶作剧吧。”

“不过，今天要是不打电话，您一定认为我结婚啦，这真是一个不小的玩笑啊！”

女佣又在招呼菊治。

菊治从里面拿着一封信回来了。

“文子小姐的信到啦。没有贴邮票……”

他说罢，高高兴兴地想打开信封。

“不，不，请不要看啦……”

“为什么？”

“我不愿意，请还给我吧。”

文子说着，跪着挨了过去，她想从菊治手里夺回那封信。

“请还给我。”

菊治蓦地将手藏到背后。

文子的左手一下子按到菊治的膝盖上，想用右手夺回信。由于左右手的动作正好相反，文子的身子失去了平衡，差点儿倒在菊治身上。她赶紧用左手向后支撑着身子，右手依然向前伸着，想夺回菊治背后的东西。文子向右一扭，半个脸孔几乎倒在菊治的怀里。接着，她轻盈地改换了姿势，就连按在菊治膝头的左手也只是柔软地接触一下而已。这种轻柔的动作是怎样将先向右转、后向前倒的上半身支撑住的呢？

菊治看到文子一下子倒过来，立即绷紧身子。文子意外轻柔的体态，几乎使他叫喊起来。他强烈地感触到了一个女人！他也同时感触到了文子的母亲——太田夫人。

文子是在怎样的瞬间改换身姿的呢？又是在哪个节骨眼儿上变得娇弱无力的呢？这是难得一尝的柔情，宛若来自女人本能的奥秘。菊治本以为文子会沉重地压过来，正在这时，文子轻盈地触到了菊治的身子，犹如一阵温馨的春风飘然掠过。

一股异香扑鼻而来，这是夏季里从早到晚劳动一天的女人的体香，多么浓烈！菊治感受着文子的体香，同时感受到了太田夫人的体香，以及太田夫人拥抱的香气。

“哎呀，请还给我吧。”

菊治不再坚持。

“我撕啦。”

文子转向一边，把自己的信撕成碎片。她的脖颈和露出的腕子汗津津的。

文子差点儿倒下，改换身姿时面孔一度青白，坐起身来时又变红了。似乎是这期间渗出了汗水。

三

从附近的饭馆叫来的晚饭千篇一律，没有什么味道。

按照常规，女佣在菊治面前放上了志野茶碗。

菊治立即注意到了，文子也一眼瞥见了。

“哎呀，这只茶碗，还在使用吗？”

“嗯。”

“真难为情啊。”

文子的声音里带着菊治所不能理解的羞耻，她说道：

“送给您这件东西，真是后悔。这事我在信里也谈到啦。”

“说了什么呢？”

“没什么，送给您这么一个没用的东西，向您道歉来着……”

“这不是什么没用的东西。”

“这是一件不怎么好的志野瓷，而且母亲一直当作茶杯使用呢。”

“我虽说不太懂，可这不是一件很好的志野瓷吗？”

菊治把筒形茶碗捧在手里端详着。

“可是，比这更好的志野瓷有的是，如果您使用这只茶碗时想到别的茶碗，以为那种志野瓷更好些的话……”

“我们家似乎没有这种志野瓷小茶碗。”

“即便府上没有，在别处也会看到的。当使用这只茶碗时想到别的茶碗，以为还是那种志野瓷更好的话，母亲和我会很难过的。”

菊治不由一惊，一时说不出话来。

“我已经和茶道无缘，也不会再见到茶碗了。”

“说不定会在哪里见到，您过去不是也看见过更好的茶碗吗？”

“你的意思是送人就要送最好的东西。”

“是的。”

文子爽利地抬起头，直视着菊治。

“我是这么想的。我想请您把这只茶碗打碎扔掉，信里也写到了。”

“打碎？扔掉？”

面对步步进逼的文子，菊治只好绕着弯子回答她。

“这是一件古窑烧制的志野瓷器，恐怕有三四百年历史了。当初也许是在酒宴上用来盛生鱼丝之类，并不是作茶碗、茶杯使用的。自打用来作为小茶碗使用，时间也很久了。古人珍视它，代代相传下来。或许还有人将它放在旅行茶具盒里，浪迹远方。可不能照文子小姐的想法，随便毁掉它啊。”

碗口接触嘴唇的地方，还渗进了文子母亲的口红。

口红浸入碗口，揩也揩不掉，母亲似乎对文子说过。菊治得到这只志野茶碗后，将碗口沾上污垢的地方洗了又洗，也没有洗掉。当然，那已经不是口红的颜色，而是薄茶色，中间渗着微红，看起来既像口红褪了色留下的陈迹，也可能是志野瓷本身的微红。此外，若用作茶碗，嘴唇接触的地方是固定的，那也有可能是文子母亲以前的所有者留下的口垢。不过，平时太田夫人将其当作茶杯使用的时间或许最久。

太田夫人把这个当作茶杯使用，是自己想出的主意吗？也许是自己的父亲想出来的，让夫人试着用的吧？菊治这般思忖着。

他也怀疑过，了入的这对儿黑、红筒形茶碗，太田夫人和他父亲莫非是当作夫妇茶碗，代替茶杯一直使用过来的吗？

父亲让太田夫人用志野水罐当花瓶使用，插上玫瑰和康乃馨，用志野筒形茶碗作茶杯，看来，父亲有时候是把她看作美的化身吧？

两人死后，这水罐和筒形茶碗都到菊治这里来了。如今，文子也来了。

“我不是一时心血来潮，我是真心地请您把那东西打碎，扔掉。”

文子说。

“送给您水罐，看您很高兴地接受了，便想到还有一件志野瓷，就送给您当作茶杯使用了。后来想想，实在有些难为情啊。”

“这件志野瓷不该当成茶杯用吧，那样真有点儿可惜啦……”

“不过，好的志野瓷多得很呢。让您用这个，您还会想到别的更好的志野瓷，那样的话，我可受不了啊。”

“你是说，送人要送最好的东西，对吗？”

“这要看对象和场合。”

菊治一阵强烈的震动。

大凡作为太田夫人的遗物，文子总希望都是最好的东西，这是因为菊治见了它会由此想起夫人和文子，或者进一步亲近它，接触它。

只有最高级的名品才能当作母亲的遗物，文子的话表达了她的这个心愿，菊治能理解。

这就是文子至高无上的感情，眼前的水罐即是明证。

志野瓷冷艳、温馨的肌肤，让菊治立即联想起太田夫人。然而，那上面之所以没有伴随罪孽的黑暗和丑陋，或许是因为水罐是名品。

看到这件名品级别的遗物，菊治感到太田夫人更是女人中的名品了。名品和污浊是不相容的。

下大雨那天，菊治在电话中说，他一看到水罐，就想见文子一面。他在电话里才敢说这种话。文子说，还有一件志野瓷，于是就把筒形茶碗带到菊治家里来了。

是的，这只茶碗不像那只水罐，这不是名品。

“听说我父亲也有旅行茶具盒……”

菊治回忆着说。

“一定是放着比这件志野瓷更差的茶碗吧？”

“那是什么茶碗呢？”

“这个，我从来没见过呀。”

“我真想见识一下啊，老爷的东西肯定很好。”

文子说。

“这件志野瓷要是比老爷的那件差，就干脆摔了吧？”

“好叫人为难呀。”

饭后吃西瓜，文子灵巧地把瓜子先剔了出来，她又催促菊治，说想看看那只茶碗。

菊治叫女佣打开茶室，自己来到庭院。他想去找茶具盒，文子也跟着他来了。

“我也不知道搁在哪里了，栗本知道得很清楚……”

菊治回头望望，那棵白色夹竹桃上繁花如雪，文子站在花荫下，她穿着院子里的木屐，树根旁边露出她脚上的白布袜子。

茶具盒放在水屋旁边的搁板上了。

菊治走进茶室，把茶具盒放到文子面前。文子正襟危坐，以为菊治会打开小包，等了一会儿，这才伸出手去。

“让我看看。”

“灰尘积得很厚啊。”

菊治抓住文子解开的包袱，站起身将包袱朝向庭院掸了掸。

“水屋的搁板上有一只死蝉，周围聚满了虫子。”

“茶室是干净的。”

“是的，几天前，栗本来打扫过了。就是那次，她告诉我，你和雪子小姐都结婚了……因为是晚上，可能无意之中把蝉关进去了。”

文子从茶具盒里拿出裹着茶碗的小包，深深含着胸，解开袋子上的细绳儿，手指微微颤动。

文子向前耸峙着浑圆的肩膀，菊治在一边俯视着她，那细长的脖颈更加显眼。

稍稍兜起的嘴巴、一味紧闭着的下嘴唇，以及未戴耳饰的肥厚耳垂，令人怜爱。

“是唐津瓷[1]。”

文子抬头看看菊治。

菊治也坐到近旁来了。

文子将茶碗放在榻榻米上。

“真是一只好茶碗。”

依然是茶杯式的筒形唐津瓷小茶碗。

“坚实而又严整，比那件志野瓷高贵多啦。”

“不好这样相比，志野和唐津……”

“不过，两个摆在一道，一看便知。”

菊治被唐津茶碗的魅力所吸引，拿过来放在膝头把玩。

“再把志野瓷拿来看看吧。”

“我去拿。”

文子起身走了过去。

志野瓷和唐津瓷两相摆在一起时，菊治和文子蓦然对视了一下。

接着，眼睛同时落在茶碗上。

菊治连忙说道：

---

1. 唐津瓷：佐贺县唐津，于室町时代(1338—1573)开始制瓷，桃山至江户初期最为发达。

“这是男茶碗和女茶碗，如此搁在一起……”

文子一时说不出话来，只是点点头。

菊治也觉得自己的话有些异样。

唐津瓷不着花纹，素底，微带枇杷黄的青色里含着茜红，造型刚劲有力。

“行旅之中也带在身边，可看是老爷很喜欢的茶碗，它很像老爷。”

文子说了一句险话，但她似乎没有意识到是险话。

志野茶碗很像文子的母亲，菊治没能这么说。但是，两只茶碗一起摆在这里，就像是菊治父亲和文子母亲的两颗心一般。

三四百年以前的茶碗的造型是健康的，不会诱发人们病态的幻想，但是具有生命的活力，甚至会给予人们官能的刺激。

当他把自己的父亲和文子的母亲看作两只茶碗的时候，菊治感到，仿佛两个美丽的灵魂并排而立。

而且，茶碗的姿态是现实的。他们俩围着茶碗相互对坐，菊治感到自己和文子的现实也是清洁无垢的。

他们俩相向而坐，也许是很可怕的事——太田夫人“头七”的次日，菊治曾经对文子这样说过。然而，今天这种罪孽引起的恐惧，也一起被茶碗的肌体抹消殆尽了吧？

“真漂亮啊。”

菊治自言自语地说。

“父亲本没有什么雅兴，却爱摆弄茶碗什么的，这也许是为了麻痹种种罪孽的心灵吧？”

“说些什么呀？”

“但是，一看到这只茶碗，就不会再想到原来主人的坏处了。父亲的寿命十分短暂，只相当于这只传世茶碗的几分之一……”

“死就在我们脚下，真可怕。尽管死神在我们身边徘徊，我也不能永远沉浸在丧母的痛苦之中不能自拔。为此，我做出了各种努力。”

“是呀，要是被死者缠绕不放，就会感到自己也没有活在这个世界上。”

菊治说。

女佣拎着水壶等进来了。

她估摸着，菊治他们在茶室里待得太久了，可能需要用开水点茶了。

菊治劝文子就用这里的唐津和志野茶碗，权且作为行旅之人点一次茶。

文子顺从地点点头。

“摔碎母亲这只志野茶碗之前，您再用上一次，留个纪念吧。”

说罢，她从茶具盒里拿出茶筅，到水屋里冲洗。

夏日，黄昏尚未降临。

“人在旅途……”

文子喃喃自语，她在小茶碗里不停转动着小茶筅。

“既然是旅行，是住在哪里的旅馆吗？”

“不一定住在旅馆，也可以是河岸，也可以是山野。也许用溪谷流水点一碗冷茶更有情趣……”

文子举起茶筅时，抬起黑色的眼眸瞟了菊治一眼，随后立即将那件唐津瓷捧在掌心，全神贯注地转动着。

然后，文子的视线和茶碗一起移到菊治的膝前。

菊治感到文子也随之流动过来了。

接着，她把母亲的那只志野茶碗放到面前，茶筅碰在茶碗边沿上嘎啦嘎啦作响，文子停住了手。

“真难办呀。”

“碗太小，不大好调吧？”

菊治说。文子的手仍在颤抖。

而且，她一旦停下手来，就不想在那只小茶碗里继续转动茶筅了。

文子盯着僵硬的腕子，久久低着头。

“母亲不让我点茶。”

“什么？”

菊治霍然而起，一把抓住文子的肩膀，仿佛要解救一个被咒语钉住、动弹不得的人。

文子没有抵抗。

四

菊治未能成眠，等到挡雨窗缝隙里露出亮光，他便向茶室走去。

净手盆前边的石头上依然散落着志野茶碗的碎片。

较大的碎片有四块，在掌心里拼起来就合成了一只茶碗，只是边缘上有个拇指大小的缺口。

他在石头缝里寻找着，看还有没有碎片，但立即又作罢了。

他抬头一看，东边树木之间，闪耀着一颗巨大的星。

菊治已经好几年没见到启明星等星辰了。他想到这里，赶紧起来眺望，这时空中罩上了云彩。

星星在云层里闪烁，看上去显得更大。光环的外围，似乎水蒙蒙的。

菊治看到这颗朗洁的明星，方觉得捡拾和拼凑茶碗的碎片是多么没有出息啊。

他随即把手里的碎片扔在那里了。

昨晚，菊治来不及劝阻，文子就把茶碗摔在净手盆上，打碎了。

文子一阵风似的走出茶室，菊治没有留意她手中的茶碗。

“呀！”

菊治惊叫了一声。

茶碗的碎片散落在黑漆漆的石板缝里，他顾不得寻找，而是连忙扶住了文子的肩膀。文子是蹲在地上摔的，她的身子差点儿倒在净手盆上。

“还有比这更好的志野瓷的。”

文子自言自语。

有了更好的志野瓷，菊治要是去对照，也许会使她很伤心吧？

菊治一时难眠，文子的话语深含着哀婉而纯洁的余韵，在他心里幽幽不绝。

院子里一亮堂起来，他就去看打碎的茶碗了。

然而，看到星光之后，他又把拾到的碎片扔掉了。

接着，他抬起头来。

“啊！”

菊治叫了一声。

星光没有了。原来在菊治看着丢弃的碎片的一刹那，启明星早已躲到云层里了。

菊治仿佛遭到了洗劫似的，久久凝望着东边的天空。

云彩并不是很厚，却不见星星的踪影。天边的云层断了，淡淡的红晕笼罩着城市的屋顶，越来越浓了。

“不能扔到这儿。”

菊治独自嘀咕着，他又拾起志野瓷的碎片，揣进睡衣里。

扔在那儿太叫人难受了。再说，要是栗本千佳子走来看到了，也会大发牢骚的。

菊治思忖，文子像是经过深思熟虑才打碎茶碗的，所以，他不保存碎片，就埋在净手盆旁边吧。可他还是将其包在纸里放进壁橱，然后又钻进了被窝。

文子究竟担心菊治会拿什么样的东西同这件志野瓷相比较呢？

这种担心究竟是打哪里来的呢？菊治感到困惑不解。

何况，昨夜今朝，菊治从未觉得可以把文子和什么人加以比较。

在菊治眼里，文子是个无可比较的绝对存在，具有恒定的命运。

以往，他总是认定文子是太田夫人的女儿；如今，他似乎把这些也忘记了。

母亲的身体微妙地转移到女儿的身上，由此诱发菊治的种种奇思怪想，如今这些也变得无影无踪了。

菊治摆脱了长久笼罩他的黑暗、丑恶的帷幕。

莫非文子纯洁的哀伤拯救了菊治？

没有文子的抵抗，只有纯洁本身的抵抗。

那才是使他沉入诅咒和麻痹的深渊之物，可菊治反而感到从诅咒和麻痹之中逃脱出来了。犹如一个中毒者，最后服了极量的毒药，从而获得了奇迹般的解毒效果。

菊治一到公司就给文子工作的店铺打电话。他听说文子在神田一家呢绒批发店上班。

文子没有到店里来。菊治因为睡不好觉，提早来上班了，难道文子早晨还沉眠未起吗？菊治想，她今天是否因为羞愧，闷在家里不出门呢？

下午打电话，她还是没来。菊治向店里的人问了文子的住址。

昨天的信里，她应该是写了搬到什么地方去的，可是文子连信封一起撕破，装进口袋。吃晚饭时，谈到文子的工作，菊治这才知道那家呢绒批发店的名字，可是住址忘记问了。因为文子的住址似乎已经移至菊治心中了。

菊治下班回家的路上，找到了文子租住的房子，位于上野公园后头。

文子不在家。

一个十二三岁的小姑娘像是放学回家，依然穿着水兵服，走进家门，又折了回去。

“太田姐姐今天早晨说和朋友出去旅行，不在家。”

“旅行？”

菊治又叮问一句。

“是出外旅行吗？早晨几点走的？没说到哪儿去了吗？”

小姑娘又跑回家了，这回稍稍从远处说道：

“不知道，妈妈不在家……”

她畏畏缩缩地跟菊治说话，这是个眉毛淡薄的女孩儿。

菊治跨出大门又回头看了看，弄不清文子住在哪一间。庭院狭窄，是座小巧的二层楼房。

死就在我们脚下——文子的话使得菊治两腿发软。

他掏出手帕擦擦脸，每擦一次，似乎就失去些血色，可他还是擦个不停。汗湿的手帕显得又薄又黑，他感到背后的汗水一阵冰凉。

“她不会死的。”

菊治对自己说。

文子既然给了菊治重新生活的信心，她总不至于去死。

然而，昨日文子的所为不正是死的直接表露吗？

抑或，这种表露来自惧怕自己和母亲一样成为罪孽深重的女人吧。

“让栗本一个人活下去……”

菊治仿佛面向这个假想敌深深吐了一口自己的恶气。说罢，他急急向公园的林荫里走去。

波千鸟

波千鸟

一

前往热海车站迎接客人的车子通过伊豆山，不久就朝大海方向兜着圈儿向下行驶。车子进入旅馆的庭园。玄关的灯光映照着倾斜的车窗，越来越近了。

在那里等待的伙计打开车门，问候道：

“请问，是三谷夫人吧？”

“是的。”

雪子小声回答。这是因为横向停下的车子里，雪子的座席靠近玄关，今天又刚刚举行婚礼，头一回有人用“三谷”的姓氏称呼她。

雪子略显迟疑，还是最先下了车。她回首望了望车厢，等待着菊治。

菊治就要脱鞋，伙计说道：

“茶室已经准备好了，栗本先生打来了电话。”

“啊？“

菊治一屁股坐在低矮的门内地板上。女佣连忙拿着坐垫跑过来。

千佳子从心窝扩展到乳房的黑痣，犹如恶魔的掌印浮现于菊治眼前。正在解鞋带儿的他抬起脸孔，仿佛看见那只黑手就在前面。

菊治去年卖掉了房子，茶具也处理了。按理他不会再同栗本千佳子见面了，关系也会变得疏远起来。不料，他和雪子的这桩婚姻，似乎依然有千佳子的手在活动。他实在没想到，千佳子连新婚旅行的旅馆房间都指点到了。

菊治看看雪子的脸，雪子对伙计的话似乎没怎么在意。

两人被人带领，从玄关沿着长长的回廊走向海边。犹如钻入褊狭的隧道，不知向下抵达何处。在这条钢筋混凝土筑成的细长通道上，有好几处阶梯，看来途中连接着配殿似的厢房，走到尽头就是茶室的后门。

进入八铺席房间，菊治正要脱去外套，雪子从身后随手接过去，他不由“哦”了一声，回头看看。这是新婚妻子最初的动作。

桌腿旁边设着炉叠[1]。

“那边三铺席大的正式茶席上，已经架起了水锅……”伙计把两人的行李放置好之后说道，“虽说没有什么好茶具。”

“那边也有茶席吗？”

菊治感到很惊讶。

“连同这间客厅，共有四间茶席。开间是在横滨三溪园[2]时的布局，直接整个儿搬过来了。”

“是吗？”

菊治还是有些不明白。

“夫人，那边是茶席，请自便……”

伙计对雪子说。

“等会儿看看。”

雪子叠着自己的大衣，说罢站起身子。

“大海真漂亮啊。轮船掌灯了。”

---

1. 炉叠：榻榻米房间中央的炉膛所占的半铺席。

2. 明治豪商原富太郎（号三溪），于横滨市本牧三之谷海岸，开辟幅员广大的庭园，名“三溪园”。原三溪名满天下，他既是古董收藏家，又是深具鉴赏力的保护者，也是卓越的茶人（茶道师傅）。他不但将纪州德川家别邸和伏见城遗址移筑于三溪园内，还把织田信长之弟——茶人织田有乐的茶室春草庐移建于此。如今作为一般公园开放，每天游人如织。

“是美国军舰。”

“美国军舰进入热海了？”

菊治也站了起来。

“是小军舰。”

“有五艘哩。”

军舰中央挂着红灯。

热海的街灯被小小的地岬遮挡了，只能看到锦之浦一带。

伙计打了个招呼，便和沏茶的女佣一同离开了。

他们两个悠然地望着夜间的海面，又回到火钵旁边。

“好可怜啊。”

雪子把手提包拉到身旁，取出一朵玫瑰花，将压挤的花瓣儿舒展开来。

离开东京站时，雪子觉得抱着花束上车有些难为情，随手交给了送行的人，这是当时人家又还回来的一朵。

雪子把花放在桌子上，看到桌上放着寄存贵重物品的纸袋，问道：

“要存什么吗？”

“贵重物品……”

菊治伸手拿起玫瑰。

“玫瑰？”

雪子望着菊治。

“不，我的贵重品很大，纸袋哪能盛得下。再说，也不能交给别人保管。”

“为什么？”

说罢，她似乎马上意识到了，接着说：

“我的也不能寄存。”

“在哪儿？”

“这儿……”

雪子大概不好意思指着菊治，只能望着自己的胸口，也不抬头。

对面茶室传来锅里的水沸腾的声音。

“要看看茶室吗？”

雪子点点头。

“我不想看。”

“人家特意准备了……”

雪子从茶道口[1]进去，按照茶道程序参观了壁龛。菊治呆立在踏入叠[2]上，一个劲儿发牢骚：

---

1. 茶道口：茶室主人的出入口。

2. 踏入叠：位于茶室茶道口前的铺席。

“说什么特意，这里的布置还不是遵照栗本的意图吗？”

雪子回头看看，走到炉前坐下来。这里是点茶人的席位，她双膝朝向火炉，静静地安坐着，随时等菊治再说些什么。

菊治也双膝靠近炉前坐了下来。

“我本不想再提这件事的，在旅馆门口听伙计说起栗本，我大吃一惊。我的罪孽和悔恨全都缠绕在那个女人身上……”

雪子似乎点了点头。

“栗本现在还常到你家里去吗？”

“打从去年夏天惹怒父亲，她很长时间没来了……”

“去年夏天？那时栗本对我说，雪子小姐已经结婚了。”

“哎呀。”

雪子似乎想起来了：

“准是那个时候。师傅当时前来商谈另一户人家的事……父亲大发雷霆，说：‘只能听一个媒人提一户人家的亲。如果前一户人家不成，就再来提另一户人家，我家女儿绝不应承。不要再愚弄我们了！’后来，我非常感激父亲。我能嫁到三谷家里，父亲的一番话起了很大作用。”

菊治默不作声。

“那时师傅还不罢休，她说，三谷少爷像着了魔，而且还谈起太田夫人的事。真叫人扫兴，越听越令人浑身发抖。听了这种可厌的事，怎么会一个劲儿抖个不停呢？后来想想我才弄明白，那是我一心一意想嫁到三谷家里的缘故。可当时，我在父亲和师傅面前不住打哆嗦，真叫人难为情啊！父亲似乎瞧了瞧我的脸色，对她说：‘冷水、热水都好喝，唯独温暾水不好喝。女儿在你的介绍下得以会见三谷君，我想她自会有判断的。’经这么一说，才将师傅打发走了。”

烧热水的人似乎来了，传来向浴池里放水的声响。

“这件事虽说使我很痛苦，但我最后自行做出了判断，所以师傅的事无须在意。即便坐在这里点茶，我也很平静。”

雪子仰起脸来，眼里映射着微小的电灯。看到她那绯红的面颊和口唇闪耀着光亮，菊治不由得感到一股绵绵情意。本是一团美丽的火焰，一旦接触，浑身渗透着不可思议的温馨。

“记得那时雪子你系着旱菖蒲的腰带，当是去年五月光景。你到我家的茶室来，那时我以为，你永远都是彼岸伊人。”

“因为您当时看样子显得很痛苦。”

雪子说罢，微微闪露着笑容。

“您还记得旱菖蒲腰带？那旱菖蒲腰带也打进行李了，应该在家里。”

雪子对自己、对菊治都使用了“痛苦”这个词儿，但雪子痛苦之时，正是菊治到处寻找文子之际。菊治曾经出乎意料地收到文子从九州竹田町寄来的长信，菊治也曾去过竹田一趟。打那之后到现在一年半了，他依然不知道文子的下落。

文子给菊治的信，劝说菊治忘掉母亲与自己，同稻村雪子结婚，绵绵深情，也是向菊治作别。永远的彼岸伊人，雪子和文子似乎调换了位置。

永远的彼岸伊人，这个世上或许是不存在的。菊治至今还在想，这个词儿是不能滥用的。

二

回到八铺席房间，桌上放着相册，菊治打开来看。

“啊，原来是这间茶室的照片。还以为是蜜月旅行的新婚夫妇们的影集呢，真是有点儿令人吃惊。”

说完，他向雪子那里望去。

相册的开头贴着茶室由来的说明——这座寒月庵[1]，本是往昔江户十人众[2]河村迂叟[3]的茶室，后来迁移到横滨三溪园，在那里遭到空袭，屋顶被炸穿，墙壁坍塌，户牖和隔扇四处飞散，地板破败不堪，一派惨象，孤立腐朽。据说最近才搬到这家旅馆的庭园里来。因为是温泉旅馆，新设了浴场。此外，皆按原来布局，尽量利用古木旧材。战争结束时节，或许因燃料不足，附近的人们把废弃茶室的木材当柴烧了吧，房柱等物上还保留着砍刀的印痕。

“说是大石内藏助[4]游历过这座茶庵……”

雪子边读边说。

这是因为迂叟时常出入于赤穗藩[5]门下。还有，迂叟保

1. 寒月庵：未详。或作者依据织田有乐之春草庐所虚构的茶室。

2. 江户十人众：官职，选出住在江户的十位富豪，管理幕府财政。外地巨贾即使在江户设有商店亦不可在其列。

3. 即河村瑞贤（1618—1699），江户前期商人。伊势人，或作瑞轩。入江户，成为材木巨商。

4. 即大石良雄（1659—1703），赤穗义士事件的领导者，率领众浪人杀死仇敌吉良，为主报仇雪恨。

5. 赤穗藩：江户时代，领有播磨国（今日本兵库县）赤穗地方的藩伐。

有的名为“残月”的荞麦茶碗[1]，作为“河村荞麦”传承下来，人们便把薄绿釉和薄黄色彩相互出现的景色铭记为“晓空残月”。

有几张茶室在三溪园遭空袭后的照片，其余是自搬迁后茶室开始修葺至举办落成典礼茶会的照片。这些照片都按顺序排列下来。

要是大石良雄来过此处，那么这座寒月庵最晚也得在元禄年代建成。

菊治环顾室内，这里几乎都是新木料。

“刚才那间茶室的房柱像是原来的。”

两人待在三铺席房间的时候，女佣来关挡雨窗，茶室的照片或许就是那时放置的。

雪子久久翻阅着相册，说道：

“不换衣服吗？”

“你呢？”

“我是和服，就这样行。趁着您入浴，我会把人家送的点心拿出来摆在这儿。”

---

1. 荞麦茶碗：朝鲜茶碗之一种，基底色似荞麦，故名。

浴室散发着新木的芳香。从浴池、冲洗间、墙壁到天花板，木板颜色柔和，呈现美丽的纹理。

女佣顺着长长的通道走下来，听到她的说话声了。

菊治从浴场回来，雪子不在了。

八铺席的茶室，已收起被褥，桌子也挪到一边去了。女佣干活儿的当儿，雪子或许躲到刚才那间三铺席的房间去了。

“炉火就那样可以了吧？”对面传来她的声音。

“可以了。”

菊治回答完，雪子立即走回来。好像别处没有值得看的，她看看菊治：

“轻松了吧？”

“这个……”

菊治换上旅馆的袍服，套上夹袄，他瞧着自己的模样儿。

“去洗吧，泉水好舒服呢。”

“嗯。”

雪子朝着右首的三铺席房间走去，好像从旅行包里拿出了什么。她又打开八铺席房间的障子门坐下来，身后廊下放着化妆盒。她默默地双手着地，涨红了脸孔，对着菊治鞠了一躬。接着，她脱去戒指，放在镜台上出去了。

雪子出乎意料的礼仪，使得菊治几乎要“啊”了一声。

他觉得雪子好可爱。

菊治站起来，瞧着雪子的戒指。结婚戒指原样放在那里，他拿起那枚墨西哥蛋白石回到火钵旁边。他对着电灯光照了照，宝石里面散射着红、黄、绿的小亮点儿，熠熠生辉，时动时灭，时而光耀夺目。透明的宝石内部闪动着摇曳的火焰，紧紧吸引着菊治。

雪子出了浴场，进入右首的三铺席房间。

八铺席茶室的左侧，隔着狭长的走廊，有两间分别为三铺席和四铺半席的茶室。右侧也有一间三铺席茶室，这右首的三铺席是女佣存放两人旅行包的地方。

雪子在那里已经待了好久，看来是在折叠和服。

“这里能敞开些吗？好怕人哩。”

雪子站起身走过来，将菊治所在的八铺席和她所在的三铺席的障子门各打开一尺多宽的空当儿。

菊治也注意到了，只有他们俩住在距离堂屋八九米远的厢房内。雪子望着透着灯光的地方。

“那里也是茶室吗？”

"是的。那或许是圆炉[1]，木板上嵌着圆形铁皮炉子……"

随着一声回答，菊治透过障子门一端看见雪子折叠的内衣的裙裾在闪动。

"千鸟[2]……"

"是的。千鸟是冬季的鸟，所以把它染在衣服上了。"

"是波千鸟啊。"

"波千鸟？确实是波上的千鸟。"

"叫夕波千鸟吧。和歌里写着'夕波千鸟漫长鸣'[3]……"

"夕波千鸟？波中千鸟戏水的花纹，叫作波千鸟吗？"

雪子不慌不忙地说着，千鸟裙裾一下子叠好了，消隐了。

三

抑或是旅馆上空传来的火车的汽笛声，蓦地惊醒了菊

1. 圆炉：寺院客厅常见的铁制圆形火炉，正式茶室不用。

2. 千鸟：指鸻科鸟类。

3.《万叶集》（卷三）第一歌人柿本人麻吕的歌："淡海之海夕波涌，千鸟戏水漫长鸣。心中渐生，思古幽情。"

治的梦境。

较之刚刚天黑，车轮的轰鸣听起来很近，汽笛高扬，菊治知道依然是深夜。

那声音并非大到把人惊醒的程度，但他到底还是被惊醒过来。奇怪的倒是菊治自己怎么会睡着了呢？

他比雪子及早酣然入梦。

然而，菊治听到雪子沉静的鼻息，这才安下心来。

雪子也是因为婚礼前后几天太累，睡着了吧。一旦临近婚礼，菊治因动摇和悔恨，每晚都睡不着觉。雪子无疑也为一些事经历过同样的失眠。

雪子睡在身旁这种事儿似乎是不可能的，然而，雪子平时的馨香就在这里。

那是什么香水？雪子的体香、雪子的气息，还有雪子的戒指和千鸟戏水的衣纹……菊治将这些似乎都能看成自己之物。此种亲密之情，纵然于夜阑梦醒后充满不安的睡眼里也没有消失。这是他初次体验到的感情。

但是，菊治没有勇气打开电灯看看雪子，他拿起枕畔的钟表走进洗手间。

“五点多了？”

对于太田夫人和女儿文子来说自然而无阻碍的事情，为何在雪子身上，菊治就会感到可怖而异常呢？是良心上的抵触，还是面对雪子的卑怯心理？或是太田夫人和文子征服了菊治呢？

照栗本的说法，太田夫人是魔性女子。就连千佳子今晚预订的房间，对于菊治也是稍稍带有可怕意味的圈套。

菊治怀疑雪子身穿平素不大上身的和服前来，也是出于千佳子的旨意。就寝前，他若无其事地问道：

“旅行为何不穿西装呢？”

“也只是今天，听说穿西装有点儿叫人扫兴。头两次会面也都是在茶室里穿和服。”

他没有问是谁说的。菊治再次思忖，雪子穿千鸟图案的衣服来蜜月旅行，也是千佳子让她印染的吧？

“刚才提到的夕波千鸟的和歌，我很喜欢。”

菊治随口应付过去了。

“什么和歌？”

菊治迅速念叨一声：“是人麻吕的和歌。”

他用温柔的手抚摩了一下新娘子的后背。

“啊，真难得。”

他不由说道。菊治担心雪子受到惊吓，尽量对她表示一下温存。

清早五时醒来，菊治于不安与焦虑之中，依然强烈感到雪子对自己很是难得。菊治感到，单凭雪子宁静的呼吸和幽微的体香，就能使他获得甜蜜而温馨的赦免。这虽然是个人的自我陶醉，然而，只有女人的恩惠才会给予极恶的罪人以宽宥。一时的感伤也罢，麻痹也罢，总是来自异性的救赎。

菊治觉得，纵然明日就同雪子别离，自己一生也感戴不尽。

不安和焦虑一旦有所缓和，菊治随即感到满心寂寥。雪子或许也在为不安和决心而害怕吧？菊治想将她摇醒再度拥抱她，但他终于没能这么做。

涛声时时传来，看样子天亮前再也睡不着了。但菊治还是睡了一会儿，醒来后，明丽的朝阳照在障子门上，雪子不在了。

莫不是逃回家了？菊治猛然一惊。已经九点多了。

他打开障子门一看，雪子坐在草地上。她双手抱膝，眺望大海。

“我睡着了，你什么时候起床的？”

“七点左右。伙计前来烧水，把我吵醒了。”

雪子回过头来，涨红了脸庞。今朝她换穿了西装，胸前插着昨夜的红玫瑰。菊治随即舒了口气。

“那玫瑰倒是没有枯萎呢。”

“昨晚入浴时，我插在洗手间的杯子里了，您没看到吗？”

“我没看到。”菊治回答，“你已经洗过澡了？”

“嗯。刚才起床后，感到有些坐立不安。只好轻轻打开防雨门，来这里一看，只见美国军舰正在驶回去。黄昏前来游乐，一大早回归。”

“开着军舰来游乐，真是怪事。”

“听这里的造园人说的。”

菊治打电话告诉账房他们已经起床，他洗罢澡就来到草地上。气候和暖，不像是十二月半。他吃过早饭，坐在走廊里晒太阳。

大海闪耀着银白的光芒，看着看着，向阳的地方随时间而移动。从伊豆山朝热海方向，小小地岬般的隆起部分重重叠叠。山脚处奔涌而来的波浪，闪光之处也在不停变化。

“天空明亮，似乎星星在闪光。就是那下面的海水，瞧，那里。”雪子说罢，伸手指着那边，“像是蓝宝石上的星光……”

星星闪闪烁烁，发出团团光亮，映照在眼下的海面上，随处浮泛着点点光明。近处的波光之间保持着距离，而远海明镜般的闪亮或许就是这些星光的集合。凝神远望，远方的光群也在跳跃不息。

茶室前边的草地狭小，再向下，可以看到草地一端已经泛绿的夏橘的枝条。这里到海边有一段缓缓的斜坡，海岸边生长着一排排松树。

“昨夜仔细观察了戒指上的宝石，实在美丽……”

“毕竟是宝石嘛。那波光就像蓝宝石或红宝石上的星光，而最像钻石的光亮。”

雪子朝自己的戒指瞥了一眼，又遥望着海水的闪光。

这番景色很符合关于宝石的话题，他们二人或许也有这样的时间，但有些事不允许菊治沉浸于幸福之中。

卖掉父亲的房子，虽说可以带着雪子回到简陋的家中，但提起那里的新家，菊治依然不能算是真正结婚。还有，一旦互相回忆起往昔，菊治如若有意抛开太田夫人、文子和栗本，那只能是谎言。两人似乎都无法提及未来和过去，就连当下的话题，菊治也碍难开口。

雪子在想些什么呢？她那阳光映照下的无拘无束的面颜或许在给菊治以关爱吧。要是这样，新婚之夜，她应该也能体验到菊治的温情。

菊治心中不安，他想走动一下。

他们预计在这家旅馆住两个晚上，中午到热海饭店吃午饭。餐厅窗户下边，叶片破败的芭蕉悄然而立，对面是一簇苏铁。

“小时候，我曾经随父亲来这里过年，苏铁和那时一样。”

雪子环顾一下这座面对大海的庭园。

“我父亲经常来这里，如果当时我也常跟着他来，说不定能见到小时的雪子呢。”

“什么呀，才不会呢。”

“幼年相逢，不是很有趣吗？”

“要是小时候见过面，也许我不会结婚的。”

“为什么？”

“小时候，我好像很聪明。”

菊治笑了。

“父亲经常这么说呢。他说：‘你小时很聪明，渐渐变笨了。’”

雪子姐弟兄妹四人，父亲该如何疼爱雪子、期待她的成长啊。从雪子的这番话里，菊治可以想象得到。看到她那炯炯有神的聪慧的双眼，幼时雪子的面容如今宛在。

四

从热海饭店回来，雪子给母亲挂电话，没什么可说的。

“母亲很担心，问‘你们怎么啦？’，您能来说几句吗？”

“不，请代我问好吧。”

菊治立即婉拒了。

“是吗？”

雪子回头看看菊治。

“妈妈问您好呢，叫您多保重……”

电话就在房间里，菊治一开始就知道，雪子不会背着自己诉说什么的。

然而，菊治闹不明白，是女人家的直观感受使得新娘子想到要给娘家挂电话，免得有些事让母亲担心呢，还是新婚旅行第二天新娘子给娘家挂电话，将会使得那位丈母娘感到惊恐不安呢？不过他又想，假若因被丈夫初夺处女柔情而感到羞愧难当，雪子也许不会打这个电话了。

四时过后，海上驶来三艘美国小型军舰。网代地区远方的天空中，稀薄的云层化作烟雾，在春日夕暮般迷蒙的海面上缓缓浮动。即便运送来的是饥渴的情欲，看起来也像是平静的船舶的模型。

“军舰又来游乐了。”

“今早我起床时，昨夜的军舰刚刚回去。”雪子说。

“因为无事可做，可以远远地为他们送行。”

“我起来之前，你等了我两个多小时？”

“我觉得时间还要更长些。待在这里似乎感觉不可思议，但我喜欢。等您起床后，我想着有好多事跟您说……”

“什么事？”

“东拉西扯呗……”

驶来的军舰上，明朗的天空下，已经灯火辉煌。

“在您看来，我为什么要结婚呢？要是能听听您的看法，那将是很高兴的事。我也想说说这些话。”

“哦，我哪里会有什么看法呢。”

“话虽如此，要是能猜测一下这女子为何来到自己身旁，不是很有趣的事吗？我喜欢听听，比如，您为何把我看作永远的彼岸伊人什么的……”

“去年，你来我家茶室时，也是搽的现在这种香水吧？”

“嗯。”

“那天，我也把你当作永远的彼岸伊人哩。”

“天哪！这香水很招人厌吗？”

“那倒不是，是这香水让我觉得第二天雪子小姐的香味还会留在茶室内，引得我很想去看看……”

雪子惊讶地望着菊治。

“就是说，我曾想着我必须断念，因为雪子小姐就是永远的彼岸伊人。”

“您这么说令我很悲伤。那是为了别的人……这我清楚。不过，眼下我只想听您说说为我所做的事。”

“那是一种憧憬。”

“憧憬？”

“不是吗？或许就是断念和憧憬两方面吧。”

“您说是憧憬，使我很感惊讶。不过，即便是我，也曾试行过断念，那也许就是憧憬过吧。但是，断念也好，憧憬也好，我脑子里未曾浮现这些词儿。”

“或许憧憬这个词儿，是罪人的语言吧……”

“您又在说别人的事了。”

“不，不是的。”

“好了，我也想过，即便有了太太的人，我也许也会喜欢上的。”雪子说着，双眼炯炯有神，“不过，憧憬什么的太可怕了。您不会再提了吧？”

“是啊，昨晚雪子小姐的体香，仿佛也属于我了，真是不可思议……”

“……”

“但是，憧憬消失不掉了。”

“您会很快失望的。”

“绝对不会失望的。”

菊治一口咬定下来，他对雪子怀着深深的感谢之情。

“我也绝对不会失望。我发誓！”

雪子也突然毫不示弱地给以积极的回应。

不过，五六个小时之后，雪子不还是失望了吗？雪子并不了解那种失望，或者说只停留于疑惑之中。即便如此，不是也使菊治对自己产生了严冷的失望吗？

菊治不光为此而感到害怕，他从昨夜开始很晚才睡，不停地谈论着。雪子也从昨晚开始，温存地陪侍着他。雪子举止轻柔，她总是适时地为菊治沏上一杯绿茶。

菊治在浴场刮完胡子出来，抹上护肤膏。这时，雪子也走到镜台旁边，用手指蘸了一下菊治的护肤膏，看来看去。

“平时父亲用的，都是我给他买的……”

“那么，我也用那种的吧。”

“还是不一样为好。”

接着，雪子将今晚的睡衣拿过来放在膝头，照样行了礼，然后走向浴室。

“晚安。”

她双手扶地，再次轻轻地行礼。她用手挽住衣裾，十分熟练地滑入自己的床铺。她那少女般爽利而洁净的举止，菊治看了激动不已。

然而，不久沉入黑暗的内里，菊治闭上颤抖的双眼的当儿，不由得回忆起文子那种毫无抵抗而只有纯洁本身的抵抗的感觉。卑劣而污浊的殊死的挣扎。他妄想着践踏了文子的纯洁，又仗恃这种妄想打算辱弄雪子的纯洁。这虽然是用心不良的毒药，可是雪子清洁的作为尽管可以缓解菊治的痛苦，但依然引起菊治对文子的回忆。

此外，对于文子的回忆又激荡起太田夫人这个女人的波澜，菊治想止住也无法止住。魔性的诅咒，人性的自然，不论哪一方也好，夫人已经死去，文子已经消失，而且，两人只有爱，没有恨。那么，如今折磨菊治、使他震颤不安的，究竟是什么呢？

对于太田夫人这个女人的波澜麻痹无知，他为之感到后悔。但如今，他自身的某些东西也麻痹无感了。菊治有些害怕了。

雪子的头发扫着枕头，沙沙作响。

"给我讲点儿什么吧。"

菊治听了，心中一惊。

或许是罪犯的双手猝然抱住圣洁的处女，菊治眼里立即涌出热泪。

雪子将脸孔轻柔地贴近菊治的胸脯，过了好大一会儿，她嘤嘤啼哭起来。

菊治压低颤抖的嗓音问道：

"怎么……你伤心了？"

"不。"

雪子摇摇头。

“以前我就只喜欢三谷少爷，打从昨天起，我越来越喜欢您了，所以就哭了。”

菊治伸手摸着雪子的下巴颏儿，将嘴唇凑过去。他也不再强忍自己的泪水了。对太田夫人和文子的一番幻想瞬间消泯了。

他想和纯洁的新娘子一起度过几天清净的日子，为什么就不行呢？

五

第三日海面同样是一派暖洋洋，雪子先起来，梳洗打扮一番。

今早，雪子从女佣那里听说，昨晚有六对新婚夫妇游客入住这家旅馆。但是茶室远在山下大海这一方，听不到喧闹的人声。小提琴伴奏的歌唱也传不到这里来。

不知太阳发生了怎样的变化，直到下午都不见波面上星星般的闪光。然而，昨天是有星光的。就在下边的海上，七艘渔船出发了。先头的一艘发出蓬蓬蒸汽，拖曳着后头的六艘。那六艘由大到小，井然有序地排成一列。

“是一个家庭啊。”

菊治微笑了。

旅馆送给他们的礼物是两双鸳鸯筷儿，包裹在绘有仙鹤图案的桃红日本纸里。

菊治忽然想起来了，问道：

“那绘有千羽鹤的包袱皮儿带来了没有？”

“没有，全都换了新的，换得我都不好意思了。”

雪子脸蛋儿飞红了，连那线条直达眼角的美丽的双眼皮都涨红了。

“发型也不一样了。不过，收到的贺礼上也有绘着仙鹤图案的呢。”

三点钟前，他们驱车前往川奈。

网代海港驶进来众多渔船，也有涂着白漆的船舶。

雪子回头望着热海方向。

“海水变成了红珍珠的颜色，色彩很相像。”

“红珍珠？”

“嗯。耳环和项链都是绯红色的，拿出来给您瞧瞧吧。”

“回旅馆再说。”

热海一带山峦的襞褶阴影变浓了。

他们遇到一个汉子蹬着柴车疾驰而来，上头坐着他的妻子。

“我也很想像他那样生活。”雪子说。

菊治心中痒抓抓的，他想，雪子或许也觉得找到了意中人，不论日子过得如何，都心甘情愿同他过一辈子。

他们看见海岸松林间，一群小鸟飞走了。小鸟飞得几乎和汽车一样快，汽车稍微快一些。

雪子发现，今早从伊豆山旅馆下面驶出的七艘拖船，原来都抵达这里了。从大船到小船，依然如亲密的家人一般，井然有序地打海岸附近驶过。

“好像专来会见我们的。”

雪子的温情通达这列船舶之上，她眼下的喜悦也温暖了菊治的内心，或许这是他一生中最幸福的日子。

去年自夏至秋，菊治一直在寻找文子的下落。就在他既感到疲劳不堪又沉迷不醒的时候，雪子突然独自来访了。菊治犹如黑暗中的活物见到太阳。雪子虽然觉得自己的到来令菊治目夺神摇，又有几分惊怪难解，她本人也有所约束，但自那以后他们就常来常往了。

不久，菊治接到雪子父亲的信。大意是：“你似乎在同我家女儿交朋友，不知道你是否愿意同她结婚。这亲事早先已经由栗本千佳子牵过一次线了，而且我和内人也希望女儿能嫁到当初一开始就称心如意的人家。”这封信可以理解为做父母的担心他们两人的交往，或者说对菊治有所警惕，同时又是父母替女儿传达她的意思。

自那至今，整整一年了。那时菊治既想等待文子，又希望得到雪子，他一直在两种心情间徘徊不定。然而，每当他想起太田夫人，寻找文子而感到追悔莫及时，菊治头脑里就描画出千只白鹤飞翔于早晨天空和夕暮天空的幻影。那就是雪子啊！

雪子为了看拖船，走近菊治，再没回原来的座席。

川奈旅馆的人将他们带到三楼顶头的房间。这里两侧没有墙壁，镶嵌着适于赏景的落地玻璃窗。

“海是圆的啊。”

雪子兴奋地说。

水平线描绘着和缓的圆形。

草地中央的游泳池对面上来五六个身穿浅蓝色制服的女球童，她们肩上扛着高尔夫球袋。

西边玻璃窗敞亮着通往富士山的道路。

他们想到宽阔的草地上去。

“好大的风啊。”

菊治背向西风。

“风有什么关系，走吧。”

雪子强拉菊治的手。

回到房间，菊治入浴。雪子趁这时候理理头发，换件上衣，准备到餐厅用餐。

“戴着这个去吗？”

她把珍珠耳环和项链拿给菊治看。

晚饭后，他们在日光室待了一阵子。这是一间椭圆形的伸向庭园的大房子，因为是寻常日子，只有菊治他们来。四周围着窗帘，一对儿盆栽的桃红山茶花开得正旺，朝向椭圆形房间的前方。

接着，他们来到大厅，坐在暖炉前的长椅上。大块儿的木柴在燃烧，暖炉上面放着大朵的君子兰，也是一对儿。早开的红梅在长椅背后的大花瓶里展示着芳姿。高旷的天花板上镶嵌着英国式的木质结构，看上去落落大方。

菊治靠在皮椅上，久久望着暖炉的火焰。雪子也目不转睛地瞧着，感到双颊温热。

回到房间，厚厚的窗帷垂挂着。

房子轩敞，但没有套间，雪子只得到浴室换衣服。

菊治穿着旅馆的浴衣坐在椅子上，雪子换上睡袍，不觉间来到他跟前。

那是一件款式自由的和服，呈现着西装式样的颜色，铁锈红的底子上微微散落着细白的花纹，袖口宽大而浑圆，一派天真烂漫的样子。她裹着柔软的绿色缎子腰带，好似一个洋娃娃。绯红的里子翻露着雪白的浴衣。

“好漂亮的和服啊！是自己想出来的？圆形短袖？”

“袖子稍微不同，是随便缝起来的。”

雪子走向化妆台。

他们睡了，只留下化妆台的电灯，保持室内光线微明。

菊治猛醒过来时听到“咚”的一声巨响。风，呼啸着。庭园尽头是断崖，那巨响或许是狂涛巨澜的撞击声。

他朝雪子那边望望，雪子不在床上，她站在窗户旁边。

“怎么啦？”

菊治也起来了。

“那响声好怕人呢。海面出现桃红的火光，快来看……”

“是灯塔吧。”

“一醒过来就害怕得睡不着了。从刚才起来后就一直瞧着呢。”

“是波涛的声音。”

菊治把手搭在雪子的肩膀上。

“怎么不叫醒我呢？”

雪子的一颗心仿佛被大海夺走了。

“瞧，泛着桃红的光亮。”

“是灯塔。”

“虽说也有灯塔，但比灯塔的灯更亮，而且是突然冒出来的。”

“是波涛的响声。”

“不对。”

似乎是撞击悬崖的涛声。海面上冷月弯弯，沉寂于黝黑的底子里。

菊治也望了好大一会儿，灯塔的明灭和桃红的闪光是不一样。桃红的闪光间隔较长，还没有规律。

“是大炮！我还以为是海战哩。”

“啊，那可能是美国军舰在演习。”

“是的。”

雪子也信服了。

“那响声好可怕呀。”

雪子说罢放松了肩膀，菊治抱住她。

弯月映着夜间的海面，风在鸣叫。远方闪现桃红火焰，紧接一声巨响，菊治也有些害怕。

“深更半夜，不可一个人观望。”

菊治紧缩着臂腕，把她抱起来。雪子怯生生地搂住菊治的脖子。

一股悲戚之情袭上菊治心头，他断断续续地说：

“我呀，不是残废，不是残废。不过，我的丑陋的污点和背离道德的记忆尚未饶恕我。”

雪子似乎昏了过去，重重依偎在菊治的怀里。

旅途的别离

一

菊治新婚旅行回来，在焚烧去年文子的信件之前，又重新看了一遍。

开往别府的“小金丸”船上，十月十九日……

您在四处寻找我吗？权当不知下落了，请原谅我。

我决心不再见您，所以我想这封信我也不会发出。即使发出，也不知会等待何时。我打算前往父亲的故乡竹田町。即使这封信能到达您手中，那时我早已不在竹田町了。

父亲也是二十年前离开家乡的，我对竹田很生疏。

四方围岩壁，竹田秋水流。

竹田城门洞，出入一径通。

芒草竹田町，雪白遮门洞。

我只不过是根据与谢野宽和晶子夫妇的《久住山之歌》，还有父亲的话加以想象罢了。

我将回到我全然不知的父亲的故乡去。

久住町有个人，据说是父亲小时候见过的，他写了如下的和歌：

故国山川美，流水传心音。

连天原野色，儿时浸染我。

我心独苦寂，群山被白云。

离情终消去，愿卿得安逸。

这些和歌也引诱我回归父亲的故乡。

心映久住山，疑近大师旁。

此身知微贱，欲问山川秀。

猝然飘零身，久住山云浓。

与谢野宽的这些和歌同样吸引我回到久住山（亦作九重山）。

虽然我在信里写下了“离情”的和歌，但我对您从未有过叛离之心。即便有叛离之心，那也是针对我自身，针对我身上境遇的。纵然如此，说是叛离，更是悲戚。

在那之后，已过去三个月，我只祝愿您“得安逸”。我不该给您写这样的信。我把给我自己写的信，以寄给您的名义写了下来。写成之后或许会投入大海，也或许是永远写不完的信。

侍者将大厅四面的窗帘逐一扎了起来。大厅内除我之外，只有两对年轻的外国夫妇，他们坐在另一头。

我是独自一人旅行，买了头等舱。我不喜欢好多人在一起。头等舱两人一个房间，别府观海寺温泉旅馆的老板娘和我住在一起。听她说婆家在大阪的女儿生孩子，她照料完之后眼下正要回自己的家。

她说在大阪时没有睡好觉，想美美睡一觉，所以决定乘船。她从餐厅回到房间不久就上床睡了。

我们的“小金丸”离开神户港时，进来一艘名叫“苏伊士之星”的伊朗轮船，那船形好奇怪。

“可能是客货轮。”老板娘对我说。我心想，连伊朗船也驶进来了。

随着轮船出港，神户市和背后的山峦眼见着昏暗下来。秋令天短。一到夜里，海上保安官就通过广播提醒人们注意。在船上赌博绝对赢不了，输的人也将一样受处罚……

今日很可能有人赌博。

内行的赌徒或许都乘三等舱。

看到温泉旅馆的老板娘睡着了，我就到大厅来了。两对外国夫妇中有一位日本女子，外国人不是美国人，好像是欧洲人。

我突然想，倒不如嫁给外国人，远走国外岂不更好。

想哪儿去了！我被自己的想法吓得不由得出了声。就算现在乘船漂泊，结婚也是我难以想象的事。

那个日本女子看来出自有教养的家庭，她极力模仿西洋人的表情和做派。尽管这种品性不算坏，但在我看来似乎过于扭捏作态了。或许想到自己是同洋人结婚，心中不绝的自豪感促使身子这么做的吧。

可我真弄不懂，这三个月里有什么事使我心动了呢？想起在那间茶室前的净手盆处打碎志野筒形茶碗，真是羞惭难当，差点儿没缓过气来啊！

我说："还有比这更好的志野瓷的。"那时，我确实是这么想的。

志野水罐作为母亲的遗物送给了您，看到您高兴地接受下来，所以无意之中也想把筒形茶碗一道送给您。后来想想还有更好的志野茶碗，便感到坐立不安。

您曾说过："要是这样，那送人都要送最好的东西。"我相信这句话，当那个"人"只限于菊治少爷时。因为我只有一个念头，就是使母亲更完美。

除了认为母亲美以外，对于死去的母亲和被撇下的我来说，那时候再也没有任何获得救赎的方法了。在我那颗紧张而着魔似的心灵里，我将那不太好的筒形茶碗作为母亲的信物送给了您，实在后悔莫及。

三个月过去了，如今，我的心情也不一样了。我不知道是美梦破灭了，还是噩梦清醒了。反正在打毁那只志野茶碗的时候，母亲和我就同您的一切无缘了。尽管打毁志野茶碗令我羞愧难当，但或许这样做也未尝不可。

当时我说，那只茶碗碗口浸染着母亲的口红……只是出于一种疯狂的执着。

随之而来的，是一段可怕的记忆。还是父亲活着的时候，栗本师傅来到我家，父亲拿出一只黑乐茶碗给她看，记不清了，好像叫长次郎[1]。

“啊呀，都长霉啦……看来没有保管好，用过后就那么放着不管了，对吗？”师傅皱起眉头说。茶碗表面渗满一层腐烂旱菖蒲颜色似的霉斑。

“即便用热水也洗不掉。”

她把湿漉漉的茶碗放在膝盖上，仔细瞧了瞧，然后猛然将手指插进头发里挠了几下，用那只油手顺着茶碗擦磨一圈儿，霉斑消失了。

“啊，好啦，请看。”师傅得意起来。但父亲没有伸手。

“怎么用这么脏的方法啊，我不喜欢，太恶心人了。”

“我去洗洗干净。”

1. 据传，乐烧的创始者为陶工长次郎（？—1589），乐烧本家乐家之祖。

“不管怎么擦，我都不喜欢，也不想用这茶碗喝茶。你要是想要，就送给你。”

小小的我坐在父亲身边，还记得当时我也感到很恶心。

听说师傅后来将那只茶碗卖掉了。

女人的口红浸染在茶碗碗口上，也和这一样令人感到不快。

请忘掉母亲和我，同稻村雪子小姐结婚吧……

二

别府观海寺温泉，十月二十日……

要是从别府乘坐中途经由大分的火车，去竹田就快些。但我想“就近”观赏九重群峰，特地选择了这样一条路线：翻越别府背后的由布岳山麓，从由布院乘火车到丰后中村，然后从那里进入饭田高原，再翻过南面的山峰，由久住町前往竹田。

虽说竹田是父亲的故乡，对我却是个未知的城镇。今日，父母已不在世，真不知是否还有人会迎接我。

“我感到，这座城镇是我心灵的故乡。”父亲说。或许正像与谢野夫妇和歌中唱到的，是个四方围岩壁、出入钻洞门的地方。

要是母亲，她会详细对我说明白的。据说在我出生之前，母亲曾经被父亲带着去过一次。

我原谅您父亲和我母亲的时候，就像是背叛了我的父亲。这座城镇即便是父亲的故里，对我却是异地他乡，那么，它为何会吸引我前往呢？是因为这座既是故土同时又是异乡的城镇，为今日的我所眷恋吗？难道我总想着父亲故乡的城镇，有着母亲与我赎罪的清泉吗？

归来拜父后，前行望家山。

此歌亦见于《久住山之歌》。

我以为，当我原谅您父亲和我母亲的时候，实际也就孕育着后来母亲和我的罪过。这件事或许就像咒语一般紧紧套住您、折磨您吧？不过，任何罪愆和诅咒都有限度，自我打碎志野茶碗那天起，这一罪愆就已经了结了。

我只爱过两个人，母亲和您。我说我爱过您，您或许感到惊讶，我自己也很不理解。但我认为，要是隐瞒不说，反而不能“愿卿得安逸”。我并不因为您对我所做的一切责怪您、怨恨您。我只是想，我的爱获得了最强烈的报应，受到了最严酷的惩罚。我的两种爱走到了可以走到的尽头，一是死，一是罪。这难道就是我这个女人命中所定吗？母亲用死做出清算，我负罪而遁走。

“啊，我真想死。”这似乎是母亲的口头禅。

“你想叫我死吗？”当我阻止她去会您的时候，她就这样威胁我。自从在圆觉寺的茶会上见到您之后，母亲就一心想自杀。从我打碎志野茶碗那天起，我也明白了。虽然母亲去会您成为她自杀的根源，但母亲还是一个劲儿想去见您，这种心情让她好歹还是活了下来。可我阻止了母亲，是我逼她死的。自打碎志野茶碗那天起，我也一天到晚想自杀了。所以，我更加了解母亲了。如果母亲不死，我想我会死的。是母亲的死阻止了我的死。

那时，我在石头净手盆上打毁志野茶碗，只觉得神志恍惚，差点儿倒在石头上，是您一把扶住了我。

“妈妈！”我喊叫了一声。您是否听到了呢？要么就是没有叫出声来。

您叫我不要回去，您说要送送我，我只是摇头。

“我再也不见您了。”说着，我逃了回来。我出了一身冷汗，真心想死。我并不怨您，而是觉得我自己已经穷途末路，再也没有前途了。我的死连着母亲的死，似乎是必然的事。如果说母亲是因为忍受不住自己的丑行而死，我也同样打算如此。不过，有时也想到，悔恨的火焰中盛开着莲华花。正因为我爱过您，所以不管您对我做些什么，都不该说是丑行。我就像夏蛾扑火，母亲因自认丑行而死，而我却想要认为母亲很美丽，或许我在那梦中失去了自己。

然而，我和母亲不同。母亲见了您一次，心情就平静不下来，老想同您见面；而我只见您一次，梦就碎了。我的爱是开始，也是终结。与其说感情被压抑，止步于原地，毋宁说被撞击，被抛撒。

“啊，不行。”我想。母亲死了，我也完了。您若能和雪子小姐结婚，那就太好了。那样，我也获得了救赎。

您越是寻找我，追踪我，我就越有可能自杀。这话听起来也许太自私了，但正如我一往情深地想要认为母亲是美丽的，我一心想将我们从菊治少爷身边彻底抹消。

栗本师傅说，是我和母亲妨碍了菊治少爷结婚。我清醒后自己也很明白这一点。师傅还说，自打菊治少爷同母亲见面之后，您的性格完全变了。

打碎志野茶碗那天晚上，我一直哭到天亮。我到朋友家，邀她一起去旅行。

“你怎么啦？眼泡都哭肿了……你母亲去世时，你也没有哭成这样，不是吗？”朋友惊讶地说。她陪我一同去箱根旅行。

其实，比起那时候，还有母亲去世的时候，更令我悲伤的是幼年时代的一件事。栗本师傅到我家来辱骂母亲，要她和您父亲分手。我躲在里头一听，哭了起来。母亲抱起我来到师傅面前，我很不情愿。

“妈妈正受到人家的欺侮，你在背后哭闹，叫妈妈怎么受得了呢？让妈妈抱抱吧。”

母亲说道。我也没有仔细瞧瞧师傅，便坐上母亲的膝盖，将脸藏在母亲怀里。

“嗬，连孩子都派上角儿了。”师傅发出一声冷笑。

“你很聪明，三谷伯伯他来干什么，你一定很清楚吧？”

“不知道，我不知道。”我连连摇头。

“你不会不知道。那位伯伯，他明明是有夫人的呀，都怪你妈不好，那位伯伯还有个比你还大的孩子呢，连那孩子都恨你妈。你妈的事要是给学校老师和同学知道了，你会觉得很丢脸吧？”

“孩子是无辜的。”妈妈说。

“孩子既然是无辜的，那就让她成长得更加无辜些，怎么样？一个无辜的孩子，真亏能哭得这么动人！”

当时我十一二岁。

“你没有为孩子干什么好事，她好可怜……你打算让孩子在阴影里长大成人吗？”

当时，我只感到一种撕心裂肺的悲伤，比起母亲的死以及同您分手还要让我痛苦。

到达别府已是中午，乘汽车围绕地狱汤泉区[1]转了一圈儿。所幸，借助同船室友的关系，住进了观海寺温泉旅馆。

今天早晨在伊予滩海面航行，风平浪静。太阳照进船室的窗户，日光下脱去上衣，只穿一件衬衫还是汗津津的。轮船进入别府港，连绵的群山从左首的高崎山向右环抱着城区，好似一湾既大且圆的海浪。我想，在具有装饰风格的以波涛为题材的日本绘画中，

1. 地狱汤泉区：别府是温泉之乡，荒瀚的地表喷发出高热泉水和水蒸气，以及其他气体，景象看似一片荒凉。谓之“地狱”，取其“灼热、阴森”之意。

是有这样的海浪的。观海寺温泉位于后山山脚下，从浴场可以一眼看到城镇和海港。我很惊讶，竟然有如此高旷而明亮的温泉场！围绕地狱汤泉区绕一周，车票一百日元，游览费一百日元，十五六所地狱温泉多数为私人经营，有名为“地狱工会”的工会组织。汽车走一圈儿两个半小时。

地狱之中有血池地狱和海地狱，其水色妖艳而又神秘，简直无可形容。血池地狱犹如从底部喷出血来，消融于透明的热水池里。血色鲜丽，池子里不断腾起滚滚蒸气。海地狱或许因池中热水呈海水之色而得名。我从未见到过如此清澈明丽、纯净淡蓝的水色。在远离城镇的山地温泉旅馆，于夜阑中想象着血池地狱和海地狱奇异的颜色，宛若梦幻世界中的一泓泉水。假如母亲和我徘徊于爱的地狱中，那里也有如此美丽的泉水吗？我恍惚置身于地狱温泉的水色之中。容我暂时写到这里吧。

三

于饭田高原筋汤，十月二十一日……

高原深处的温泉旅馆，我在毛衣外头裹上一件旅馆的宽袖棉袍，在依旧感到寒冷的夜气里，将肩膀倾斜于火钵上。似乎是火灾后迅速修复的旅馆，门窗咬合很差。这家筋汤旅馆位于一千多米高的山坡上，明天还要翻越一千五百米高的山峰，住进标高一千三百米的温泉旅馆。虽说在东京时已经做好了防寒准备，但和今早离开别府时相比，气温相差实在太大了。

明日抵九重山，后天就能到达竹田。不论是在明天的旅馆，还是在竹田町，我都会继续给您写信。然而，我最想对您说的是什么呢？我写的应该不会是旅途记事。那么，九重山和父亲的故乡，究竟会让我说出怎样的言语呢？

或许是想告别一声吧。但我很清楚，对我来说无言的告别才是至高无上的。虽然和您也没说什么话，但我觉得已经说得够多的了。

“请您原谅我母亲。”每次见面，我都代母亲向您道歉。

为了求得宽恕，初次拜访您家的时候，您就对我说过，您很早以前就知道母亲有我这么个女儿。并且，您说您曾幻想过同那位小姐谈谈您父亲的事情。

您还说，您父亲的事固然可以谈，要是能找个时候谈谈我母亲的事该多好。

但一直没有找到机会，而且永久失去了这样的机会。如果同您相会，谈起您父亲和我母亲的事，那么，如今我只能因悔恨和屈辱而浑身战栗。我们不能谈论父母，那样的孩子们能够相爱吗？写到这里，我流下泪来。

自打我十一二岁时受到栗本师傅那次责骂，“三谷伯伯”有个儿子这件事就深深刻印在我心中。但我一次也没有同“三谷伯伯”谈起过那个男孩子，因为我觉得不好谈。连那男孩子有没有走向战场，我一个小女学生也不好过问。

空袭越来越厉害了。那之后，您父亲依旧时常来我家里。我常担心，一旦出事，那孩子就会和我一样，成为没有父亲的孤儿，所以我总是送您父亲一道走。细想想，那孩子已到应征的年龄，但不知怎的，我还一直把他当成一位少年。大概是那次师傅提起那孩子时引起的伤痛，深深渗透在心底的缘故。

母亲是个无用的人，我得出去买东西。在争争抢抢挤上火车的一帮人中，我发现一位美人，就挨着她坐了下来。我们互相询问到哪儿去，要买什么东西，说着说着，就扯到各人的身世上来了。

“我给人做妾。”

美人直率地对我说。

“我是妾的孩子。”女学生这么一说，美人大吃一惊。

“啊呀，不过，能长这么大，真好啊。”

看来，她误解了“妾的孩子”这句话，我只是羞红了脸，没有给予纠正。

她觉得我很可爱，时常约我一道去买东西。我们俩曾经从她的故乡新潟搬运过大米。我忘不了她。

长这么大又有什么好，我再也不能同您谈谈您父亲和我母亲的事了。

我听到了温泉瀑布的响声。所谓“水打”，就是使几道温泉水从高处落下，人站在下边受冲击。这样可以起到疏通筋骨、减轻疼痛的作用，因而被朴素地称作“筋汤”。旅馆里没有“内汤”[1]，可以去宽大的公共浴池。这里位于涌盖山和黑岩山之间的深谷之内，夜间的山气会流淌下来。这里同别府的血池地狱以及海地狱的梦幻之色不一样，今日看到了山间美丽的红叶。从别府背后的城岛高原所能见到的由布岳也很峻秀。我从丰后

1. 内汤：温泉旅馆馆内浴场。

中村站攀登饭田高原，途中观赏了九醉溪的红叶。沿着十三曲登上顶峰回头一看，逆光之中山阴和襞褶越发深沉，红叶之美也愈益纯厚了。从山肩照射过来的夕阳，将红叶世界打扮得分外庄严。

估计明日的高原、群山也会是好天气吧。我在遥远的山间旅馆祝您睡个好觉。我出外旅行，三天没有做梦了。

自从打碎志野茶碗那天晚上开始，我在朋友家里住了三个月，夜夜都难以成眠。我在朋友家住得过于长久了。上野公园后面租住的房子里存有少量的行李，也由朋友帮我取来了。

也是听这位朋友说，第二天您好像到公园后面的家中找过我。即便是朋友，我也没有对她说明我从那里逃离出来的缘由。

“那是个我不能爱的人。”当时我只能这么说。

“但他曾爱过你吧。被一个不能爱的人所爱，这样的故事大都是谎言。女人都想编造这样的谎言，虽然我会把你的当作真的……”朋友的意思也许是说，这个世界不存在绝对不能爱的人。她的话也许是对的。例如，假如像我母亲那样一心想死……

不过，力求使母亲的死变得美好的我被引向了何处，这个问题我想您最清楚。纵然不是被带领，而是主动前行，但二者是否混淆不清，我就无从判别了。然而，对于自己所干的事，自己能说是混淆不清吗？还有，站在旁观的立场看别人干的事，能说是混淆不清吗？当神祇和命运对人的行为加以宽恕时，能说是混淆不清吗？

有件事写出来可能不太合适，留我寄宿的朋友，从前和一个男人犯过错。说不定正是因为这样她才帮了我。所以，她一眼就看出了我的问题。然而，她不会知道我正陷入后悔的旋涡之中。

或许，我也像母亲，有些地方显得漫不经心吧。我一旦稍稍变得快活起来，朋友就同意我单独外出旅行了。

我觉得女人单独住旅馆，比起同母亲在一起，或母亲去世后一个人过日子，更显得潇洒自在。然而到了夜晚，依然会感到不安和忧愁，一种孤独感迫使我写出此种没有收件人的信笺来。自那之后沉默了三个月，现在究竟还想说些什么呢？

四

于法华院温泉，十月二十二日……

今日越过一千五百四十米高的山岭，翻越诹峨守越，入住标高一千三百零三米的法华院温泉旅馆。据说这里是九州最高的山间温泉。我前往竹田町的旅程，今天就算过了最难关口。明天下山到久住町，抵达竹田。

不知是因为顶着高原的太阳走路，还是这里的硫黄气味太强烈，今晚稍稍有些疲劳。不仅是这里汤泉的硫黄，诹峨守越一侧硫黄山的烟气，也会随着风向的改变而飘流下来。听说银壳手表什么的，一天就变黑了。

“昨天早晨五度，今天早晨四度……今夜比昨夜变得寒凉了。”旅馆的人说。不知道他们早晨几点钟看的温度计，黎明前的气温也许会下降到接近零度。

不过，我的房间在另一栋楼的二层，周围林木蓊郁，窗户镶着双层防寒玻璃。棉袍厚实，钵火旺盛，比起昨夜的“筋汤”舒服多了。只是时时感觉到凛凛砭肤的山间夜气。

法华院旅馆是山间一座独立的建筑，收不到邮件和报纸。据说从旅馆到村镇大约十多公里，邻里相隔也有五六公里光景。这里距离小学也是十多公里，孩子们到了上学的年龄，就得寄宿在山下的村子里。

房东家两个孩子，哥哥六岁，妹妹四岁。或许看我是独身女子，祖母跟我攀谈了好一阵子。两个孩子也跟在身边，争相坐在祖母的膝头。一开始，妹妹跨在祖母的膝盖上，抱得紧紧的。男孩子想把她推下来，妹妹猛然扑向哥哥，互相追逐，扭成一团。哥哥天生有一双俊美的眼睛，四岁的妹妹瞪着一双硕大的眼睛，神情威严，一副不甘示弱的架势。也许是山地日光猛烈，才会有如此峻厉的目光吧。

“附近没有一个和你家小兄妹一起玩的孩子吧？”我问。

“得走十多公里，才能见到邻家的孩子。”

听说小女孩出生时，做哥哥的男孩子嘀咕道：

“妈妈本来跟我睡，偏偏生了她。”

未生之前，他说：

“等生下小宝宝，我要睡在她身旁。”但是，男孩子现在跟奶奶睡在一起。冬季，旅馆不营业，或许要住到山下的村子里。但生长在山间独门独户人家的孩子们，我被他们强劲的目光慑服了。孩子们都有一张圆乎乎的可爱的脸蛋儿。

我突然意识到我是个独生女。

因为生下来一直就是一个人，我已经习以为常，平时不再注意了。当然也不是完全想不到，不过不再加以深深思考。巴望有个哥哥或姐姐的女学生式的感伤似乎也消失了。就连母亲去世时，我也未曾想过要是有个兄弟该多好，而是马上给您打了电话。让您当了掩盖母亲那种死的真相的帮凶。后来想想，这仿佛意味着母亲的死责任都在于您……假若有个哥哥，就不会那样。有哥哥在，母亲或许也不会死。至少我不会堕入那种罪孽的悲哀之中。如今想想，我为我的觉醒感到惊讶。作为独生女的我，本来决不能仰仗着您，可我对您过于依赖了。

独生女的我，一个人住在山中的一户人家里，很想呼唤一声并不存在的哥哥。不是哥哥，也可以是姐姐或弟弟，只要是兄弟姐妹就行。一心想呼唤一声没有生在这个世界上的兄弟姐妹，是很可笑的事吗？

说我是独生女，您也是一个人。这一点，我以前从未想到过。您父亲到我家里来，也一概不谈自家事，根本没有说过您是独生子。一次，他对我说：

“没有兄弟姐妹，很寂寞吧？要是有个弟弟或妹妹该多好。”

我顿时脸色苍白，差点儿不住地抖动身子。

“可不是嘛……太田临死时，也觉得撇下个女孩儿实在太可怜啦。”

好心眼儿的母亲应和道。她看看我的表情，吓得不再出声了。

我感到憎恶和恐怖。那大约是十四五岁的时候吧，我已经清楚地知道母亲的事了。我想您父亲的意思是想生一个和我异父同母的孩子。现在想想，或许只是我的胡乱猜测。您父亲也许是想到自己有您这个独生子，想到我家只有我和母亲二人，定会觉得寂寞难耐。不过那时候，我的内心是很不平静的。假如母亲生下孩子，我决心要把那孩子害死。这种杀人的念头，或前或后都未曾有过，唯独那时藏于心中。也许真的会杀人。不知是出于憎恶、嫉妒还是愤怒，或许就是少女纯粹的战栗。那心境母亲似乎也注意到了，她说：

“请人看过手相，说我只能有一个孩子。”

“她是一个好孩子，能抵上十个孩子哪。”

“那倒也是……不过，独生的孩子不善交际，只是生活在个人的小圈子里，自我封闭，不爱同别人交流。”

您父亲看我沉默寡言，才这样说的吧。我躲避着，不瞧您父亲的脸，也不说一句话。我像母亲，并不是个内心抑郁的孩子。逢到我兴高采烈的时候，您父亲一来，我就立即沉默不语了。母亲看到孩子的一番抗议，也许感到很痛苦吧。也许您父亲说的不是我，而是指的您。

但是，假如我要杀死的那个孩子生下来，又会怎么样呢？那既是我的弟或妹，也是您的弟或妹……

“啊，真可怕！”

我翻高原，过山岭，这种病态的想法应该已经洗掉了，我理应是从“晴朗的天气”中走来的。

“晴朗的天气。”

“啊，晴朗的天气！”

今朝，走出“筋汤”不久，途中听到村民们如此相互打着招呼。这一带，“晴朗的天气”指的就是“好天气”。而语尾表达得很清楚。他们的问候，也使我的心一片晴朗。

实在是个晴朗的好天气。道路边连续不断的芒草或茅草的穗子，被朝阳照耀得银光透亮。柏树的红叶也一派明丽。左首山脚下的杉树林罩上一层深深的阴影。一位母亲忙着收割稻子，她在田畦上铺着草席，将身穿红色和服的婴儿放在上面坐着，身后白布袋里塞满食物，玩具也一并放在草席上。这一带天气冷得早，插秧也赶早，听说是边生火边插秧。不过，今早倒是看到草席上的孩子都坐在暖洋洋的太阳光里。我也只是换上了橡皮底靴子，不需穿防寒衣物。

从“筋汤”开始有好几条登山道路，也有通往山口的近路。但我选择经由饭田邮局和学校，然后穿过高原中央，一边遥望九重群峰，一边举步向前迈进。不登高山，只是经过诹峨守越前往法华院。因而，这是一段不太耗费足力的行程。

所谓九重，原是群山的总称，自东边数起，计有黑岳、大船山、久住山、三俣山、黑岩山、星生山、猎师岳、涌盖山、一目山和泉水山等。这些山峦的北侧一带就是饭田高原。

尽管说是群山的北侧，涌盖山等向西蜿蜒而去，崩平山等位于高原北部。高原或为群峰包裹，或被四方山峦支撑，飘浮于空中，呈一个圆形，仿佛是秀美的梦之国浮现于此。山间布满红叶，芒草花穗白浪翻滚。但我仿佛觉得高原上洋溢着一股温润的紫气。高度在千米左右，东西南北宽阔，约达八千米。

那南北亦即我要跨越的方向。一旦进入广袤的原野，一往直前，不久就看到三俣山和星生山之间远远飘逸着硫黄山的烟雾。群山一派晴明。右首涌盖山上空，只是浮游着一缕淡淡的白云。打从离开东京时起，我就瞄准这座高原“晴朗的天气”而来，我感到很幸福。

我只知道信浓高原[1]，但这座饭田高原正如许多人所说，有着罗曼蒂克的魅力。温和、明朗，令你相思千里，令你魂牵梦系。南侧群峰连绵，温润婧丽，气品高雅。轮船驶入别府港时，环抱城镇的群山所显现的圆形波涛固然使我心醉，但在饭田高原所见到的九重峦峰，其高度令我感到意想不到的亲切和协调。这或许是分布均衡的缘故吧。久住山高一千七百八十七余米，乃九州第一高峰。大船山高一千七百八十七米，乃第二高峰。这两座高山虽然藏而不露，但三俣山和星生山分别高达一千七百四十米和一千七百六十米。一千七百米以上的山峰听说有十多座。不过，人在千米高原之上，同高度相差无几的群峰比肩而立，似乎显得山峦十分亲切。再说，这里是南国，大海不很遥远，高原之色显得明朗多姿。

来到堪称高原中心的长者原，我在松阴下休息了好长时间。长者原上散落分布着一簇簇松树，我是被草原

1. 信浓高原：位于日本长野县。

中央的一棵松树吸引了。接着走了一会儿，又坐在松阴下，好迟才吃了盒饭。约莫两点光景吧，我环顾了一下广阔的草红叶[1]。从我所在的位置看过去，承受阳光的地方和逆光的地方，色相产生微妙的差异，山峰的颜色也各不相同。红叶秾丽的山野，看起来简直就像彩绘玻璃。就这样，我似乎置身于大自然的天堂之中。

"啊，真是应该来啊！"我脱口而出。我泪流满面，芒草穗子的波涛再次变得银光迷蒙。然而，这不是玷污忧伤的泪水，而是洗涤悲哀的泪水。

我想着您，为了离别，我来到高原，来到父亲的故里。每每念起您，我就为悔恨与罪愆所困扰，使我无法离去。我还不能重新迈步。原谅我吧，来到遥远的高原，我更加想您了。这是为着离别的思念。我一边在草原上散步，一边眺望群山，我继续将您记在我心间。

我在松阴下一直想着您，如果这里是无盖的天堂，不就可以直接升上天空了吗？我再也不想动了。我一心只为您的幸福祈祷。

---

1. 草红叶：泛红的草叶。

"同雪子小姐结婚吧。"

我说着，同我心中的您作别。

虽说无法将您忘却，但今后不论以多么丑陋和污浊的心理想起您，我都会回忆起我在这座高原思念您时已经同您告别。如今，母亲和我彻底从您身边消失了。我最后再次向您致歉。

"请原谅我的母亲吧。"

为了从饭田高原翻越诹峨守越，似乎应该攀登三俣山脚的道路，我却选定了运输硫黄的道路。随着硫黄山越走越近，山的姿态变得可怕起来。远远看去，硫黄的烟雾似喷火一般。广阔的山腹一带喷出硫黄，直到山脊，寸草不生，山体也被烤焦了。岩石和泥土呈现出黑幽幽的颜色，缺乏光艳的灰色和褐色有废墟之感。人们在左首的小山上采掘天然硫黄（喷气孔内插入圆筒，冰凌般的硫黄从筒口垂挂下来，即可进行采掘），我钻过采掘场的烟雾，越过累累裸露的岩石，到达山顶。

从山顶下山到达北千里浜，回头仰望正在沉没于山头的太阳。透过硫黄烟雾，太阳仿佛白茫茫的月中妖怪。前方，大船山优美的红叶犹如夕暮的锦绣。走下陡峭的斜坡，就是法华院温泉。

今晚写了一封很长的信，是想告诉您，我度过了分手之后清纯无垢的高原一日。不要记挂我，早点儿歇息吧。

五

于竹田町，十月二十三日……

我来到父亲故乡的城镇。

今日傍晚，我穿过岩山洞门，进入竹田町。从法华院温泉走下久住高原，再乘汽车从久住町到达竹田，花了大约五十分钟。

我住在伯父家里。这是父亲的老家，初次见到父亲出生的房屋，心情有些奇特。这里是故乡，同时又是异乡的城镇。我来到这里，看到酷似父亲的伯父，阔别十年后父亲的面影又历历浮现在眼前。如今，我感到无家可归的我曾经有过一个家。

听说我是从别府绕过九重而来，伯父深感惊讶。一个人登高山，住温泉旅馆，好一个强梁的姑娘！我虽然很想看看高山，但要到父亲的家乡来，还是有些犹豫不定的。父亲死后，母亲也和他们疏远了。再说，她的生活也使她无法同父亲的亲族见面。

伯父说，要是从船上发个电报来，他就会到别府接我……还说他们家离别府很近。我想我是写了信的，告诉他们我要来，但信没有电报来得快。

“弟弟死的时候是几岁？”

“十岁。”

“十岁吗？”伯父重复着，瞧瞧我。

“和你母亲长得一模一样。我虽然没怎么见过你母亲，但见到你就能想起她来。不过，你有些地方也会像弟弟，那耳轮看来像太田家的。”

“见到伯父，就想起父亲。”

“是吗？”

“我也要工作了。一旦上班，就没时间出外旅行了，所以想在那之前来看看您……”

我已然孤身一人，但我不想让伯父认为我是为商量自己的生活境遇而来。我也没有向伯父索求什么。伯父也没有来吊唁母亲。从九州出发，赶不上参加葬礼，再说，当时母亲实行的是限于自家范围的“密葬”……

我只是想和与母亲有过联系的您告别，才特地到父亲的老家看看的。我想逃离母亲疯狂的爱的旋涡，回归对健美的父亲的忆念。然而，一旦走入这座四面岩山包裹的黄昏中的小镇，我就有一种落拓之人来到隐居之地的寂寥之感。

今晨，我在法华院睡了个懒觉。

“早上好。”旅馆的人跟我打招呼。他还说：“一大早，小孩子在楼下‘骚动’，你没有睡好吧？”但我什么也不知道。

那个目光峻厉的女孩子也跟着来照料客人吃早饭了。她依偎在祖母身旁坐着，听说一早她从堂屋和另一座楼的渡桥上掉了下来。渡桥高约一丈五尺，幸好她落在三块岩石鼎立的正中央，捡了一条小命。得救时，她又哭又喊：

“木屐冲走啦，木屐冲走啦！”

有人逗笑说：“再掉一次看看，怎么样？”

“算了，没衣衣啦。”

小河畔的岩石上晒着一件女孩儿的和服，粗线条的蓝色碎白花底子，印着蝴蝶戏牡丹的花纹，是婴儿穿的红棉背心。我看到朝阳照射在红棉背心上，立时感到一种温馨的生命的惠顾。之所以说落在三块岩石之间，掉落得恰到好处，是指的什么呢？三块岩石之间空间十分狭小，一个小孩儿的身子就填满了。一旦稍有差池，就会撞在石头上，即使不丢掉性命，也会摔成个残废。小孩子家不懂得什么叫危险和恐怖，身体哪儿都不觉得疼，一点儿都不在意。我觉得，掉得这么巧妙的是这个孩子，似乎又不是这个孩子。

我无法让母亲起死回生，但我想着某些使我活下去之物，强烈地为您的幸福祈祷。人间的耻辱和罪业的岩石之间，也该有拯救掉落的孩子那样的场所。

我怀着效仿这个孩子之幸运的心情，摸摸她浓黑的娃娃头，从而离开了法华院。

大船山的红叶真是太美了，因而，我又走访了坊之鹤。这里是三俣山、大船山和平治岳等山峰环绕的盆地。三俣山，今天我看的是和昨日相反的对面一侧，然后一直走到筑紫山岳会布满马醉木的地方。马醉木群落之中生长着可爱的万年杉，有点儿像杉苔，高约两三寸。我还发现了越橘和岩镜草。大船山的红叶之间，黑色的据说都是杜鹃花。一棵树有六铺席大，又矮又宽阔。坊之鹤也有雾岛杜鹃花，而且，这里的芒草似乎又细又矮，穗花的长度只有一寸上下。

听说山顶上今朝降到了零度，而坊之鹤阳光灿烂，红叶之色似乎温暖了盆地。

回到旅馆附近，从白口岳和立中山之间的鉾立岭下山，到达佐渡洼。这里是形状像佐渡岛的盆地，许多蓟草长着长着就枯死了。从佐渡洼下山走过锅破坂，一到朽网别，眺望久住高原的视野就开阔了。穿过锅破坂杂木林中央，沿着砂礓路下行，只听到自己脚踏落叶的声响。

因为没有遇到过什么人，感觉这是独自踏过大自然的足音。前往朽网别路上，左侧清水山的红叶一派绯红，正逢盛时。从这里该能望到阿苏五岳，不巧被云雾遮挡住了。祖母山和倾山的连峰隐约可见。但是，久住高原是绵亘二十公里长的草原，遥接阿苏北侧山坡以及波野原，广阔、辽远。从南边可以回望九重（或者说久住）连峰，不过，山头也罩着一片云雾。我穿越高及人头的芒草丛，通过放牧场，到达久住町。

久住山南边的登山口有难得听到的名为猪鹿狼寺的名刹遗迹。猪鹿狼寺也好，法华院也好，都是保有几百年历史的灵场。九重峦峰过去即是灵场。我感到我是穿过灵场走来的。这真是太好了。

伯父家的人们都静静安歇了。我不能再像在旅馆时一样，一个人醒着长久地写信。

晚安。

六

于竹田町，十月二十四日……

竹田车站，每逢丰肥线火车到站和开出，都播放歌曲《荒城之月》。镇子的人们都说，泷廉太郎是想着这座城镇的冈城址谱出了《荒城之月》的曲子。据说泷的父亲明治二十年左右当过这个地区的郡长，廉太郎也在往昔的竹田町高等小学上过学，少年时代或许到城址上玩过。

泷廉太郎死于明治三十六年，二十五岁。是按虚岁计算的，我后年就到了他这个年龄。

我真想二十五岁就死。我记得上女校时曾经和同学们谈论过这件事，似乎是同学们提起的，又好像是我提起的。

《荒城之月》的词作者土井晚翠今年[1]也去世了。我来这里之前，听说在竹田町的冈城址举办了晚翠追悼会。听人说作曲的廉太郎和作词的晚翠，在伦敦见过一

1. 昭和二十七年（1952）。

次面，那时我父亲还很年小。年轻诗人和音乐家相逢于异国他乡，是否和为《荒城之月》作曲有缘，我不知道。但是他们两个留下一首动人的歌曲。如今，《荒城之月》脍炙人口，无人不晓。然而，我同您见过一面，究竟留下了什么呢？

留下了泷廉太郎这个天才之子……为何会突然这么想，我自己甚感惊奇。我之所以能有这样的联想，并且还能写信对您诉说，抑或因为今天待在父亲的故乡城镇，怀有一份闲情逸致吧。不过，您可曾想到，作为女人，胸中时不时会因为“如果”而产生一种不知是害怕还是喜悦的战栗。您心中是否浮现过与我相同的不安情绪呢？这在我是一种无法预测的战栗，我这才感到我是个女人。我曾梦想过不对您说，瞒着您，直到将其养育成人。我之所以这么想，正如同作为母亲女儿的我落得了此般因果，我心中下定了假设性的决心。您感到惊奇吗？我是个女人，这点儿事儿足以使我日渐消瘦，但是那种不安并未长久持续。

在竹田车站听到《荒城之月》的歌声，我只是想起了那时的战栗。

四方围岩壁，竹田秋水流。

今日想到镇子里走走，走在秋水潺潺的桥梁上就听到了歌声。我被吸引着向车站方向走去。车站某处在放音乐。昨天不是坐火车，而是从久住町乘汽车来的，所以没注意。

河流就在车站前边。从车站回到桥上，歌声依然在持续，我凭栏伫立，久久眺望着河面。河水左岸，河滩的巨石上竖立着柱子，伸向河面，排列着小房子的人家。岩石一头有个女人洗衣裳。车站后面紧挨着山石岩壁，岩肌上流淌着细细的水流，犹如小瀑布。岩山布满红叶，随处残留着绿色。

我一边怀念您，一边在父亲的城镇上转悠。父亲的故乡不再是陌生的城镇。昨日黄昏时分到达时还不知道，今天早晨一看，真是个小村镇，走向哪里都会撞到岩壁。我感到我置身于“四方围岩壁”之中。

昨夜，我发现伯父用的旅馆的火柴盒上印着“山清水秀，竹田美人”的文字，笑着说：

“像京都呢。”

“可不，都被称为竹田美人呢。还有弹琴、品茶，这里自古就是游艺之地啊！水也好，镇子中央檐下流过的小沟，这里称为‘井出’。你父亲小时候，早晨就在‘井出’旁边刷牙漱口，还洗过茶碗呢。”

人口只有万人的小镇，有十多座寺院、近十座神社，或许真像个小京都。

伯父说，竹田美人也都不在了。他说罢，举出几位过去的人以及去东京的人。我走在街上，只见女人们都长得很漂亮。走到镇子尽头的洞门旁，看到岩山上红叶似火。耸立于门洞对面出口的岩石上布满绿苔，那绿色前边，一位穿着白毛衣的秀美姑娘正款款向这里走来。

镇子正中有一条贯通商店街的柏油马路，排列着寂寞的铃兰电灯[1]。拐进横巷，是静寂的老街，似乎很快就会碰到岩壁。这里有石崖、白色仓房、黑色板壁，还有几近坍塌的城墙，我想，确实是座古老的城镇，不过，据说在明治十年的西南战争[2]中全部被焚毁。以前保留下来的房舍，听说只有山脚下的寥寥几座。

回到伯父家里，提到这座古镇，伯母说道：

“看来，文子姑娘在城里走遍了每个角落哩。”

---

1. 铃兰电灯：仿铃兰花造型的装饰用街灯。

2. 西南战争：明治十年（1877），主张“征韩论”失势的西乡隆盛回归乡野鹿儿岛举兵反叛，包围熊本镇台。遭政府军镇压，自刃而死。

不足半日，我就走遍了田能村竹田[1]旧居、田伏屋敷遗址上的天主教隐蔽礼拜堂、中川神社圣地亚哥的钟表、广濑神社、冈城址、鱼住瀑以及碧云寺等名胜。

如今在竹田町，很多人提起竹田依然称“竹田先生”。昨天我从久住町来的路，过去曾经是“大名行列”[2]的通道，竹田和广濑淡窗[3]等众多丰后地方文人，经常来往于这条道路。赖山阳[4]访问竹田，走的也是这条路。竹田旧居，保留着和山阳一起品茶的茶室。这间茶室和堂屋之间的庭园内，阳光照射着芭蕉发黄的叶子和干枯断裂的叶子。桐叶也发黄了。堂屋前边有块菜地的遗迹，据说竹田给山阳吃了那里种的蔬菜。竹田纪念

1. 田能村竹田（1777—1835），江户时代后期南宗画（文人画）画家，绘有《梅花书屋图》《亦复一乐帖》等。临终前，写下讴歌永恒人生的绝笔诗：“一昨不死又昨日，昨日不死又今日，今日不死又明日。若许不死又日腾腾腾不死。踏尽今年之三百六十日，明年三百六十日。”（《不死吟》）

2. 大名行列：大名（即诸侯）奉公时，往返自国和江户的队列。

3. 广濑淡窗（1782—1856），幕末儒者，大分县人，一生未到过江户、京都和大阪。创设私塾咸宜园，培养高野长英、大村益次郎、长三洲等，门生四千。友人中名士济济，有帆足万里、赖山阳、梁川星岩和贯名海屋等。

4. 赖山阳（1780—1832），汉学家、汉诗人、书道家。著有《日本外史》《日本政记》《山阳诗抄》等。

馆的画圣堂是一座新式建筑，但听说里面也有茶席，这里可以品抹茶，有时悬挂竹田的南画。

天主教隐蔽礼拜堂在竹田庄附近。竹丛深处的岩壁上，开凿着一座相当宽大的洞窟。圣地亚哥的钟表上标有“1612 SANTIAGO HOSPITAL”（1612 圣地亚哥医院）的字样。

竹田往昔的城主是天主教徒。

竹田庄的庭园里有织部灯笼[1]。沿小路向上走，再向右转就是竹田庄的石崖；向相反方向左拐，那里的宅邸居住着古田织部的子孙。从宅前走过去，心中也是激动难平。传说过去古田织部的孩子来竹田，就住在这里。这里好像叫作上殿町，是往昔武家宅邸所在的街衢。

我不会忘记。在圆觉寺的茶会上初次见到您时，是稻村雪子小姐点茶。

“茶碗呢？”

“哦，就用那只织部的好啦。”

---

1. 织部灯笼：石灯笼的一种，以没有台座为特色。相传为茶人古田织部所提倡，安设于茶室庭院之内。

栗本师傅说，那是您父亲喜欢的茶碗，送给她了。在属于您父亲之前，它本是我父亲的遗物。是母亲送给您父亲的。雪子小姐用那只黑织部茶碗沏茶，您喝下去了。只是如此我就已经无法抬头了，这是怎么回事呢？

“我也想用这只茶碗……”母亲说。

母亲用那只茶碗喝下了命运的毒汁吗？

我没想到，在父亲的城镇走了一圈儿，竟然清晰地回忆起那次茶会来。假如那只黑织部茶碗还在师傅手里，请您要回来，使它去向不明，也请您把我当作去向不明吧。

看了父亲的城镇，我就要离开竹田了。我之所以如此絮絮叨叨谈论这座城镇，或许是因为我不打算再来了。我想在父亲的故乡同您分手。这封信我不想发出，如果发出，那也是最后一封。

冈城址上除了石崖，什么也没有留下来。不过，险峻的高地，景象壮美，秋晴的日子，可以看到山峦。祖母山、倾山的连峰，还有对面的九重，以及大船山峰顶，只是萦绕着淡薄的白云。我步行而来的高原和山岭，都在那个方向。我在高原的松阴下和芒草穗子的波涛中不断思念着您，同时也在想，这回是真的和您道别了。到如今还说这些告别的话，未免有些恋恋难舍。不过，我即便从您身边消失，作为一个女人，内心里还是不能猝然了断。请原谅我吧，晚安。

旅途的信上，写了不少劝您同雪子小姐结婚的话语。还是由您自行决定吧。我和母亲决不会妨碍您的自由，也决不会妨碍您的幸福。请您务必不要再寻找我了。

旅行六日，写了这么些无用的话，女人家就是爱唠叨啊。我希望您能理解同您离别的我。但言语虚空，女人只有留在男人身旁才能求得男人理解，而今我正相反。我打算从父亲的城镇重新出发。再见。

七

菊治近一年半之前读文子的信，和如今同雪子新婚旅行归来读文子的信，对文子语言的理解完全不一样。

但是，他不明白是怎样的不同，或许因为语言是空虚的吧？

菊治在新居的院子里烧掉了文子的信札。庭院里没有什么东西，只是用粗劣的木板围起一块褊狭的空地罢了。

信湿了，不易着火。

菊治将信札散落开来，不住擦火柴。文子的墨色变了，即使变成灰，还残留着文字。

“词语呀，快些燃烧吧。”

菊治将一封封信笺丢进火里。

文子的语言，那些信札，全都烧了，又会怎么样呢？菊治躲开烟雾，转向一旁。板壁的一隅，斜斜映射着冬日的阳光。

“你们的旅行怎么样啊？”

廊下突然传来栗本千佳子的声音，菊治不由得打了个寒噤。

“什么啊，别说话。”

“因为您不回答我啊。都说新婚夫妻容易遭窃。女佣也还没有来吗？或许光是小两口过上一阵子更好。雪子小姐还好吧？”

“你从哪里知道的？”

“您家的位置吗？蛇有蛇道。”

“不愧是条蛇。”

菊治脱口而出。

父亲死后，千佳子依旧不打招呼就径直闯入菊治家里。眼下她又来了，菊治再度唤起满心的厌恶。

“不过，大冬天让雪子小姐洗洗涮涮，真是太为难她了，还是由我来服侍吧。”

菊治没有理睬她。

“您在烧什么呀？是文子小姐的信吗？”

还未丢入火中的信就在菊治膝头，因为他蹲踞着，照理说千佳子看不见。

“烧了文子小姐的信，也许会暖和些。这倒是件好事啊。”

“我落魄到如此地步，只好住这种房子。也没什么事需要你来这里了，我不欢迎。”

“我不会打扰您的。当初您和雪子小姐的交往是我搭的桥，这毕竟是件可庆幸的好事，我也很放心。此外，我只是想再为你们尽把力罢了……”

菊治将未烧完的信件揣进怀里，站起身来。

千佳子看到菊治站在廊下一端，后退了一步。

“啊呀，干吗那样绷着一张可怕的脸？雪子小姐的行李好像还没整理，我想帮帮她……”

“你管得真多啊。”

“也没有多少事，只希望您能理解我的一份用心。”

千佳子瘫坐在地上，刚一抬起左肩，就怯生生地喘息起来。

“夫人回娘家了吧？菊治少爷为何抛下夫人一人，急忙赶回来了呢？夫人很担心呢。”

“你是打雪子的老家来的吗？”

“我去贺喜来着。要是不合适，我道歉。”

千佳子说罢，瞥了一眼菊治的面色。菊治按捺住满心怒气，说道：

“对了，那只黑色织部茶碗还在吗？”

“是老爷送的那只吗？还在。”

“要是还在，让给我吧。”

“好的。”

千佳子充满疑惑的迷惘目光，不久似乎就干涸在满心的怨气之中了。

“老爷的东西，我一生都不想放手。但是，只要菊治少爷您想要，不论今天还是明天都无所谓……不过，您还打算学习茶道吗？”

“希望你能马上拿给我。”

“我知道了。烧了文子小姐的信笺之后，您就用黑色织部茶碗喝上一杯吧。”

千佳子低下脑袋，做出一副要分开什么东西一般的样子，出去了。

菊治再次回到庭院里，双手颤抖，连火柴也擦不着。

新家庭

一

雪子是个爱动而充满朝气的女子，但菊治也时常看到她对着钢琴发愣。

在这间房子里，钢琴显得太大了。

这架钢琴是菊治新近建立关系的一家工厂制造的。菊治的父亲曾是乐器公司的股东。这家乐器公司也临时改行，制造了武器。战后，乐器公司的一位技师提议自行设计制造钢琴，借助父亲的老关系，屡次来和菊治商量。菊治把变卖宅子的钱投了进去。

这家小工厂作为实验品制造的钢琴，有一台搬到菊治的新居来了。雪子的钢琴留给故乡的妹妹了。她为故乡的妹妹并非买不起另一架钢琴，因此，菊治曾两次三番对雪子说：

“如果这架觉得不合适，那就把原有的旧钢琴要来吧。不要顾忌我的关系。”

在菊治看来，雪子之所以坐在钢琴前面发呆，或许因为她对钢琴不甚满意。

“这架就挺好。”

雪子听到菊治的话，一副出乎意料的样子继续说道：

“虽然我不是很懂，但调音师不是夸了这架钢琴吗？”

实际上，菊治心里很清楚，那并非因为钢琴本身。而且，雪子对钢琴既无兴趣，又非擅长，并没有分辨钢琴好坏的能力。

“因为你一直坐在钢琴前边发愣……”菊治说，“看起来你好像对这架钢琴不中意。”

“和钢琴没关系。”

雪子率直地回答。本来还应该继续说下去，不过，她突然改变话题。

“您看到我一直发愣吗？什么时候看到的？”

玄关一侧连接着寻常的西式房间，钢琴放在那里，无论从餐室还是楼上菊治的房间都看不到。

“在娘家时，老是那般吵吵嚷嚷，根本没时间发愣。能发愣倒是很稀罕哩。”

父母双全，兄弟成行，客人出出进进，菊治脑子里浮现出雪子颇为热闹的娘家来。

“不过，以前看到雪子你，给我留下很沉静的印象。”

“是吗？我可能说会道了。只要有母亲和妹妹在，就不会有沉默的时候。娘儿三个总有人在说话。不过三个人当中，我还算是说得最少的。当母亲在客人面前说个没完，我就闷声不语了。母亲那些社交型的会话，连您听了都会感到腻烦。一旦待在母亲身边，我或许就是个言语不多、冷酷无情的姑娘吧。妹妹倒总是和母亲一唱一和……”

“你母亲很想将你嫁到高贵的人家去吧？”

“是啊。”雪子老实地点点头，“到这里来之后，我说的话好像不到在娘家时的十分之一。”

“因为白天只你一个人在家啊。”

“即使您在家，我也不会像着火一般说个没完。”

“可不嘛，要是外出散步，你就爱说话了吧。”

菊治说着，想起晚上两人逛街时，雪子似乎忘记近来的寒气，高兴地说个没完。她还靠过来，挽起菊治的臂膀。雪子一旦走出家门，就像获得了解放。

“现在我一个人不会单独外出了，在娘家时，一旦外出回家，就把在外看到的一切告诉母亲，然后再对父亲说一遍。”

“那样，你父亲也很高兴啊。”

雪子盯着菊治瞧了一会儿，然后点点头。

“我同父亲说话，母亲有时也会跟着听第二遍，悄悄地笑着。”

雪子离开父母之爱嫁给菊治，坐在这间寒酸的餐厅，直到如今，菊治似乎依然有些不解。

菊治发现雪子的睫毛间藏着一颗淡淡的小黑痣，那是在两人一起生活之后。

菊治看到雪子的牙齿很美，似乎是放光的，也是住到一起之后的事。接吻时，也为她牙齿的清纯所打动。

菊治紧抱着渐渐习惯于接吻的雪子，突然热泪滚滚。正因停留在接吻的程度，在菊治看来，雪子就是个值得他一生珍重、既可爱又可敬的女子。

然而，只停留于接吻，对于雪子并不像菊治那般感到懊恼和焦虑。雪子对结婚这种事儿不会麻木无知，但对于雪子来说，拥抱和接吻，足够使她感到新鲜和惊异，这其中已满溢着温爱。她回报了菊治。

菊治只能自己苦恼，他有时也会换一种思考：如此的新婚生活，也没有什么不自然或不健康，不是吗？

雪子从蔬菜店买来萝卜和京菜[1]，这些蔬菜的青绿和细白，在菊治眼里也很新鲜。这不就是幸福吗？他在以前的家里同老女佣生活在一起时，从未见过厨房里的青菜。

“一个人住在那样宽敞的房子里，您不感到寂寞吗？”

来到这个家之后不久，雪子曾经问过菊治。这个简短的问题，菊治直接听得出来，她是在追溯他的过去，以此安慰菊治。

菊治早晨醒来，发现雪子不在身边，立即感到孤单起来。早晨有好多事要做，雪子早起是当然的事。不过，菊治醒来后如果能看到雪子的睡相，他将包裹在多么温馨的感情之中啊！他竭力想比雪子早些睁开眼来。每当发现旁边的床铺没有了雪子，心中就不由得涌起淡淡的不安。

某日黄昏，菊治刚刚回来就高声叫喊：

“雪子，你在使用一种名叫马查贝利王子[2]的香水吗？”

“啊呀，您怎么啦？”

“我在洽谈钢琴事宜时遇到的一位女宾说的，竟然有嗅

---

1. 京菜：十字花科植物，叶多出于根际，春天开黄花，叶茎可食。又名千筋菜。

2. 原文为Prince Matchabelli ，美国香水品牌。

觉如此灵敏的人。”

“那香气是如何传播出去的呢？”

雪子嗅一嗅手里接过来的西服，突然想起什么似的说：

“我把香水瓶忘在西服衣柜里了。”

二

二月末，连下三天的雨，快到晚间停止了，广阔、阴霾的天空轻柔地低垂下来，呈现一派淡淡的桃红。星期天，栗本千佳子抱着黑织部茶碗来了。

“哎，我把当作最佳纪念品珍藏的茶碗带来了。”

千佳子说着从双重盒里拿出来，托在手上凝视着，然后放在菊治跟前。

“眼下正是要使用它的时候，这上面绘着嫩蕨菜……”

菊治对她拿来的茶碗瞧也没瞧一眼。

“在我忘却的时候又拿来了。那天我叫你当天拿来，你没来，本以为你不会再来了呢。”

“因为是早春时节的茶碗，冬日里送了来，总觉得不合适，实在没法子啊。再说，一旦要脱手，总觉得依依深情难于割舍，可真是的……”

雪子端来茶水。

“啊，夫人，打扰了。”

千佳子有些夸张地说。

“夫人没有女佣就度过了冬季吗？您可真能忍受啊！”

“我想两人单独在一起的时间更长久些。”

雪子清清朗朗地回答，使得菊治甚感惊奇。

“对不起，”千佳子独自点点头，“夫人，这只织部茶碗还记得吗？渊源很深啊。我觉得把它作为贺礼送给你们，比什么都好……”

雪子以探询的目光看看菊治。

“夫人也请坐到火钵旁边来吧。”千佳子说。

“好的。”

雪子来到菊治身边，胳膊肘蹭着胳膊肘地坐下来，菊治暗暗忍住笑，对千佳子说：

“我不敢领这份情，把它卖给我吧。”

“那哪成啊，想想看，老爷送的礼物，无论多么穷困潦倒，也不好转卖给菊治少爷啊……”千佳子正面回应道，“夫人，我很久没见过夫人点茶了。像夫人这样能做出如此举止大方、气品高雅的点茶的小姐独一无二。看您这样待着，您在圆觉寺的茶会上第一次用这只织部茶碗为菊治少爷献茶的情景，仿佛又重新浮现于眼前。”

雪子沉默不语。

“您要是用这只织部茶碗再给菊治少爷献上一杯茶，我的礼物也就更有意义了。”

“可我们家什么茶具也没有。”

雪子低着眉头回答。

“啊，别这么说……要点茶只要有茶筅就行。”

“好的。”

“这只织部茶碗，请好好保存吧。”

“嗯。”

千佳子朝菊治的脸上瞥了一眼。

“您说什么也没有，不是有水罐吗，那只志野水罐？”

“那个用来插花了。”

菊治连忙回答。

太田夫人的遗物水罐，菊治没有变卖，来到这个家里了。放在抽屉里，似乎被遗忘了。今天又被千佳子提起，菊治猝然一惊。

这表明，千佳子对太田夫人的憎恶似乎仍在持续。

雪子送千佳子走出大门。

千佳子在门口抬头望望天空。

“城市的灯光好像照亮了整个东京的天空……天气暖和了，真好啊。”

她说罢，耸着一边的肩膀，摇摆着身子走了。

雪子坐在门口。

“口口声声，‘夫人，夫人’的，好像故意这么喊叫，好可厌啊。”

“是可厌，估计她不会再来啦。”

菊治也在门口站了一会儿。

“不过，‘城市的灯光好像照亮了整个东京的天空’，这句话她说得太好了。”

雪子下来打开玄关的门扉，望望外面的天空。她转身正要关门时，发现菊治也在窥探天空，雪子犹豫了好一阵。

“可以关上吗？”

“好的。”

“真的暖和起来了。”

回到餐室，织部茶碗还放在那里。菊治说，等雪子收拾好了，想到街上看看。

登上高台的住宅区，来到没有行人的地方，雪子拉起菊治的手。雪子似乎很珍爱自己的手，不大轻易动用。但尽管如此，为冬季冷水所侵，掌心变得粗硬了。

“那只茶碗您不想白要，是想买下吧？”雪子冷不丁地问。

“哎，要卖掉。”

“是吧，她是来卖的吧？”

“不，我要卖给茶具店，把那钱转给栗本就行了。”

“啊，要卖掉吗？”

“关于那只茶碗，在圆觉寺茶会上，你不是也听闻了吗？刚才栗本也提到了。那本是我父亲送给栗本的茶碗。可在那之前，一直为太田家所收藏。它是一只有来历的茶碗……”

“不过，我并不在意这些，如果是一只好茶碗，您留下也是可以的。”

“肯定是一只好茶碗，正因为是一只贵重茶碗，那就应该交给相应的茶具店，我们还是使它去向不明为好。”

菊治一下说出了文子信中的话“使它去向不明”。他从栗本手里要回茶碗，也是遵从文子的信。

“那只茶碗自有那只茶碗非凡的生命，要使它脱离我们而生存。我所说的‘我们’，不包括雪子你……那只茶碗本身坚强而美丽，并未呈现出为不健康的愚执所缠绕的姿影。可我们伴随茶碗而来的记忆过于糟糕，会以邪恶的眼光看待这只茶碗。这里所说的‘我们’，只不过五六个人。自古至今，真不知有几百人始终理解它，珍视它。那只茶碗产生后也有四百年了，从茶碗的生命来看，在太田家，还有我父亲以及栗本手中所保存的年限实在很短，简直就像云影过眼。要是今后能够为健康的收藏家所持有就好了。即便我们死后，那只织部茶碗依然在某人手中光艳、美丽，那该有多好啊！”

“是吗？您要是有那样的想法，不卖掉不是更好吗？我倒是随着您。”

“脱手我并不感到可惜，我一向对茶碗不抱执着之情。我想从那只茶碗开始洗去我们的污垢。栗本保有它也使我感到恶心，就像那次圆觉寺茶会上，她突然拿了出来。茶碗不应该被人的丑恶因缘所束缚。”

“这么说，茶碗比人还伟大。”

“或许吧。我并不了解茶碗，但它经过数百位有眼光的人的传承，我不能将它一手毁弃，还是让它去向不明为好。”

“让它作为我们记忆中的茶碗保留下来，我也喜欢呀。”

雪子以清亮的嗓音重复着说。

“纵然现在我不理解，今后要是这只茶碗看上去顺心了，不也是很高兴的事吗？以前的事没关系嘛。要是卖掉了，往后想起来，不是很寂寥吗？”

“那倒不会，那只茶碗命中注定要离开我们而去向不明。”

谈论茶碗，一旦扯到命运，菊治就会想起文子，像尖刀刺进胸膛一般。

他们逛了一个半小时后回到家中。

雪子正想将火钵的火移到被炉内时，蓦地用两只手掌握住菊治的手，她似乎想让菊治感受一下左手和右手的温差。

“栗本师傅送的点心，尝尝吧。”

“我不要。”

“是吗？除了点心，还送了浓茶呢。她说是从京都寄来的……”

雪子毫不介意地说。

菊治将织部茶碗用包袱皮儿裹好，走过去放进抽屉，发现里面的志野水罐，打算把水罐同茶碗一起卖掉。

雪子搽过面霜，拔掉发卡，准备就寝。她散开头发，一边梳头一边说：

“我也想将头发剪短，怎么样，可以吗？不过，要是裸露出后面的脖颈，也是挺叫人害臊的。”

说罢，她撩起后面的头发给菊治看了看。

口红似乎很难去除，她走近镜台，微微张开双唇，对着镜子用纱布揩拭。

他们在黑暗之中相互温润。菊治沉浸于自我内心的冥想之中，这种神圣的憧憬，将会如此永远地冒渎下去吗？但是，大凡最纯洁之物，都不会被任何东西所玷污，因而，它对任何东西都会加以宽宥。这种事儿应该也是有的吧？他幻想能够随时获得自我救赎。

雪子入睡之后，菊治就缩回手臂，然而一旦脱离雪子的体温，就感到可怖的寂寞。还是不应该结婚啊！一种锥心般的悔恨静候于身边冷寂的铺席上。

三

接连两天，傍晚的天空布满淡淡的桃红。

菊治在回家的电车上，看到新落成大楼窗内的灯光，全都是白茫茫的。他想，那是什么灯呢？看来那是荧光灯。好像为表达新建筑的喜悦，各个房间都大放光明。那座大楼的斜上空，出现一轮即将满月的月亮。

菊治回到家里时，空中的桃红已经变为满天晚霞，犹如被吸引到日落方向，又好似沉落下去。

走到家门口拐角的地方，菊治微微感到不安，摸一摸上衣里面的口袋，银行支票还在。

雪子走出邻家的大门，快步跑进自己的家门。菊治看到她的背影，雪子没有发现菊治。

“雪子，雪子。”

雪子走出家门。

“回来了？刚才看到我了？”

说着，她涨红了面颊。

“邻居说，家里妹妹打来了电话……”

“欸？”

菊治出乎意料。邻居帮忙转接电话是从何时开始的事？

“今天的夕阳也同昨日一般。不过比昨天更为晴朗，暖和一些。”

雪子望望天空。

换衣服时，菊治掏出支票，放在茶橱上面。

雪子低俯着身子，一边收拾菊治脱下的衣服，一边说道：

“妹妹在电话里说，昨天礼拜天，她和父亲本想来这里……”

“到家里来？”

“是啊。”

“来了多好啊……”

菊治不经意地应道。

雪子用毛刷刷裤子，她停下手来。

“纵然您说来了好……”

雪子似乎挡了回去。

“我早前写了信，叫他们暂时不要来。”

菊治觉得奇怪，差点儿要反问一句“为什么”。这时，他突然意识到，作为夫妇，他们二人还未能彻底结为一体，雪子害怕父亲来家里。

这时，雪子立即抬头望望菊治。

“父亲很想来，我希望您请他一次。”

菊治的回答犹如雪子的眼睛一般明丽。

“不请自来不是更好吗？”

“因为是女儿的婆家……不过，也不完全是这样。”

雪子爽朗地应道。

菊治或许比雪子更害怕雪子父亲的来访。雪子提到这件事之前，他都不曾想到过。自从结婚之后，菊治从未邀请过雪子的父母兄弟。可以说，他把雪子的娘家人几乎全忘了。菊治和雪子竟然如此异常地结合在一起。或者说，正因为没有结合，除雪子之外，菊治谁也不再考虑。

不过，搅得他浑身无力的，或许就是有关太田夫人和文子的记忆始终像虚幻的蝴蝶在头脑里盘旋的缘故。菊治头脑黑暗的底层，总觉得有蝴蝶飞舞。那不是太田夫人的幽灵，而是菊治悔恨的化身。

然而，雪子不希望父亲来访，并写信加以劝止，这充分使菊治觉察到雪子内心的悲哀和困惑。正如栗本千佳子曾怀疑过的那样，雪子过冬不雇女佣，或许她害怕女佣会探知他们夫妇之间的秘密吧。

尽管如此，在菊治的眼睛里，看到的多是雪子光耀夺目、兴高采烈的样子。菊治并不认为，那些都是在雪子用心体贴自己的时候。

“那封信是什么时候发出的？希望父亲不要来访……”

菊治问道。

“这个嘛，过年时节，好像是七日之后吧。过年时，我们不是一起到乡下去了吗？”

“那是三日吧。”

“是在那之后，又过了四五天。记得吗？新年第二天里，父亲母亲都忙于招待客人，只有妹妹一人来给我们拜年。”

“是的，还让她传话，叫我们第二天到横滨去呢。”

菊治也想起来了，他接着说：

“但是，你写信不让他们来，这是不妥当的。下个礼拜天，还是请他们来一趟吧。”

“好啊，父亲一定很高兴，他肯定会带妹妹一起来。或许父亲也觉得一个人单独来不太妥当吧……不知为什么，我也认为妹妹能一道来最好。”

有妹妹在，雪子也会轻松自在些吧。雪子显然不想让父亲看到她自己和菊治这种谈不上结婚的婚后生活。

雪子似乎烧好了洗澡水。一进小浴场，菊治就听到调节水温的声响。

“先洗澡后吃饭吧？”

“那好。”

菊治进入浴池，雪子在玻璃门外问道：

“放在茶橱上的支票是怎么回事？”

“啊，那是卖织部茶碗的钱，应该转给栗本。”

“茶碗能值那么多钱吗？”

“不，里面还包括我们家水罐的钱。”

“家里的水罐占多少？”

“大概一半吧。”

“即使一半，也是个不小的数字。”

“是的。买什么用呢？”

雪子也知道这只织部茶碗，昨晚他们一边散步，一边还谈起过。然而，关于志野水罐的来历，雪子却一无所知。

“这笔钱不买东西，用来买股票怎么样？”

雪子站在玻璃门外问道。

“买股票？”

菊治有些意外。

“是这样……”雪子打开玻璃门走进来，“父亲把相当于那张支票四分之一的钱款转到我和妹妹户头上，并寄存在股票交易商那里，叫我们让它增值。购买强势的股票存起来，如果下跌就不抛售，等待上涨，再转购其他股票，一点点越积越多了。”

“哦。”

菊治仿佛窥见了雪子娘家的家风。

“我和妹妹每天都看报上的股市行情。”

“那些股票如今还在手里吗？”

“还在。不过全都交给股票商了，自己看不到……因为下跌时不出手，所以不会受损失。”

雪子单纯地说道。

“好吧，那笔钱也存在雪子的那位股票商那里，可以吗？”

菊治笑着望望雪子。雪子身上系着洁白的围裙，脚上套着绯红毛线袜子。

“雪子也进来暖暖身子，怎么样？”

雪子双目炯炯，愈显得腼腆，愈加明艳动人。

“我在准备晚饭呢。”

她说着，飘然走出门。

四

这一周的礼拜六，已经进入三月。

父亲和妹妹明天来访，晚饭后，雪子一人上街买东西。她还买了水果和鲜花，抱着回来了。晚上打扫厨房，直到很晚。然后，她坐到镜台前，慢慢梳理头发。

“今天啊，我老是记挂着想把头发剪短。这之前您说过可以剪，但给父亲看到，使他惊讶总是不好……所以才请人先整整发型。不过我对这种发型也不满意，看起来总感到有些怪。”

她只顾自言自语。

就寝之后，雪子也沉不下心来。父亲和妹妹来访，就值得这样高兴吗？菊治似乎稍稍有些嫉妒之感。他又不由得觉得这是雪子寂寞的体现。想到这里，他主动挨过去，温存地拥抱着雪子。

“你的手好冷。”

菊治将雪子的手搭在自己胸前，一只手挽住雪子的脖颈，另一只手伸进袖口抚摩着雪子的肩膀。

“跟我说说话好吗？”

雪子移开朱唇，挪动一下脸孔。

“好痒痒哩。”

菊治说着，撩开雪子的头发，帮她归拢于耳后。

“你叫我说点儿什么，还记得你在伊豆山也说过这句话吗？”

“不记得了。”

菊治不会忘记。当时，黑暗中，他一边紧闭震颤的眼睑，一边想起了文子，想起太田夫人。他极力挣扎，打算借助这种幻想获取面对纯洁的雪子的力量。明天，雪子的父亲就要来了，能否以今夜为分界线呢？菊治再度想起太田夫人作为女人起伏不定的情感波涛，越发体会到雪子的清醇无垢。

“雪子你先说点儿什么吧。”

“我没有要说的话呀。”

“明天见到父亲，你打算说些什么呢？”

“我和父亲嘛，到时总会有话说的。父亲只是想来看看我们的家。他只要看到我们幸福地生活在一起就满足了。”

菊治静静地待着，雪子依偎过来，用脸孔蹭着菊治的胸脯，他依旧一动不动。

第二天，上午十点钟后，雪子的父亲和妹妹到了。雪子立即忙活起来，和妹妹两个有说有笑。午饭及早开始了。碰巧这时，栗本千佳子来了。

“来客了呀？我只要见见菊治少爷就行了。”

菊治听到她在门外对雪子说话，便走了出去。

“您把那只织部茶碗卖掉了？原来您是为了出售，才从我这里要回去的啊。既然如此，您把钱转给我又是怎么回事呢？”

栗本接二连三追问道。

“本想及早来问个明白的，但想到菊治少爷只有礼拜天在家，所以挨了几天来着。当然晚间也可以来的，不过……”

千佳子从手提袋里掏出菊治的信。

“这个还给您。里面包着钱，没有动，请数一下……”

“不，你全部收下吧。”

菊治说道。

“我为何要收下这笔钱呢？这难道是绝交的钱吗？”

“别开玩笑了，我现在为什么要给你绝交的钱呢？”

“说的也是。即使绝交，也用不着卖掉织部茶碗，并把钱送给我呀。这不是很蹊跷的事吗？”

“那本来是你的茶碗，卖的钱理应归你所有。”

“是我送给您的呀。也是菊治少爷您想要的。我以为这是你们结婚的最好纪念。尽管对于我来说，那是您父亲留下的纪念……”

“你权当是卖给我的钱不好吗？”

“那怎么好这样呢？我再怎么落魄潦倒，也不会把老爷的遗物再卖给菊治少爷您呀。上回我不是谢绝了吗？再说，您不是已经卖给茶具店了吗？这笔钱您要是硬给我，我就去将它赎回来。”

菊治转念一想，信里还是不写明是卖给茶具店的钱为好啊。

“啊，请进来吧……横滨的父亲和妹妹来看我们了，请不必客气。”

雪子沉静地说。

“您家老爷……啊，是吗？在这儿能见面，真是太好啦。”

千佳子急忙轻柔地放松双肩，独自点点头。

译后记

《千羽鹤》最初发表于1949年5月《读物时事别册》，至1951年完成《二重星》，第二年即被出版社及早纳入选题，当时同《山音》合为一册出版。

作家井伏鳟二说，本书作者接触志野瓷茶碗，有所联想，随之创造一位中年妇女“太田夫人”为书中主角而构思故事，滋生繁衍，而获巨篇。[1]

前半部的《千羽鹤》和后半部的《波千鸟》，几个登场人物虽然在情节轻重缓急中稍有变化，但基本上没有大的起伏。不过故事场地有所转变，前者以川端文学习惯使用

1. 山本健吉（1907—1988），文艺评论家，起步于古典俳句研究，古今涉猎广泛。文化功劳者，文化勋章受章者。

的舞台——镰仓、圆觉寺以及湘南各地熟悉的场所而展开；后者则向外延伸，一直到达九州岛内各处。

镰仓和圆觉寺我很早就从夏目漱石等人作品中初识，后来又经过多次踏访，倍感亲切。2007年秋天，一个黝黑的夜晚，我乘坐巨鳗般的“飞燕”号列车，由福冈先向南再向东穿越九州岛的福冈、熊本、大分三县之境。空荡荡的车厢，黑漆漆的暗夜，远远窥视着金峰山、阿苏山、九重山等浪漫之地，心情始终处于昂奋状态。那里可是古时萨摩、长州、土佐诸藩争斗之地，又是《三四郎》《草枕》和《波千鸟》里文学人物的故乡。我梦想有一天攀登阿苏山，观看“火山的休假”，洗一洗小天温泉，乘一乘巡游马车；有机会再逛一趟汤布院、血池和“十万地狱”……

而今回首，往事依稀，皆成飞烟一团、逝水一湾。当年福冈UNESCO协会每年例会的常客、学者师友——唐纳德·金（1922—2019）、加藤周一（1919—2008）、鹤见俊辅（1922—2015）、中西进、川本皓嗣、竹藤宽等，云散各处，有几位已经匆匆离去。想起他们的音容笑貌，不尽唏嘘。梦乎？景乎？实乎？幻乎？

根据文学评论家郡司胜义的论述，1974年7月，《波千鸟》文学故事的舞台、九重高原中的饭田高原名曰“大将军”之地，当地文学团体“川端康成先生景仰会”建立了“川端康成文学碑”。碑的正面镌刻着一首和歌“雪月花开时，我最思友人”；碑的背面则是《波千鸟》中的一段文字……

作家不在了，作家的文字还在。这些文字不但镌刻于碑面之上，同时还留存于一代又一代热爱川端文学的读者心中。

译者
2021年8月21日
久雨乍晴草于春日井